悼亡者
The Prayer
Band Member Profile
歡
Character File 001
Yan Huan
Age
17
Position
主唱 Vocalist
骨子裡就帶著叛逆的小孩。
不想對世界妥協，不想理會大人的規則，討厭被束縛。
BAND
MEMBER

悼亡者
e Prayer
Band Member Profile
付聲
Character File 002
BAND
Fu Sheng
Age
23
Position
吉他手 Guitarist
不從眾的天才吉他手。
對音樂抱持純粹的堅持，了解
搖滾，了解自己想要什麼。

GOBOOKS
& SITAK
GROUP©

GOBOOKS & SITAK GROUP ©

三日月書版

三日月書版

1
illust 瑞讀
Pray it out
三日月書版
輕世代 BL061

Vocalist
Yan Huan
THE PRAYER
Guitarist
Fu Sheng

The Prayer Full Album

PRAY IT OUT

The Prayer Full Album
PRAY IT OUT!! Vol. 1 Playlist

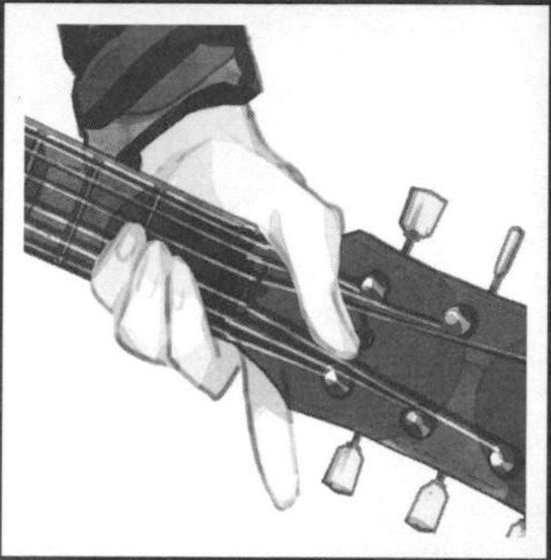

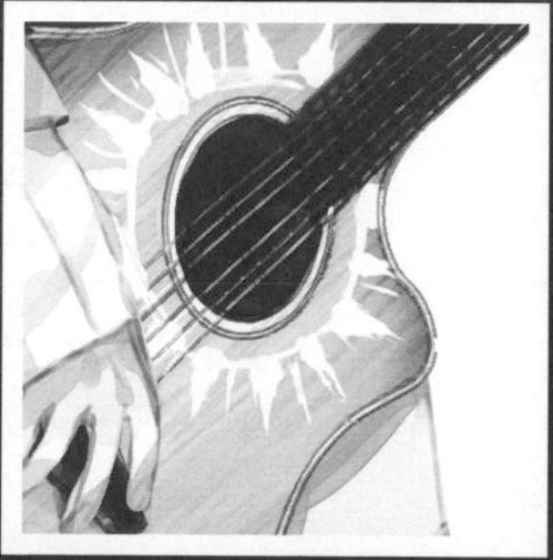

01

#Pray it out

遇見

高一暑假，嚴歡意外得到了一個交換學生的名額，飛去了英國。借住家庭是利物浦當地人，有著傳統的英式習慣，頭一次出國的嚴歡，不由得被這座充滿異域風情的小城吸引。

在這座城市，到處都充斥著和音樂有關的元素，表演酒吧、博物館，甚至是街頭的雕像。慕名而來的遊客，興奮到傻兮兮地在利物浦街頭與雕像合影。

當同行的伙伴們紛紛感嘆的時候，嚴歡卻摸不著頭腦。這些黑漆漆的雕像、博物館裡存放的老照片，至於這麼令人興奮嗎？他對於音樂一點都不瞭解，更不知道對於世界上的很多人來說，利物浦就是一個聖地——二十世紀搖滾聖地。

結束交流活動前的最後一次外出，嚴歡病倒了。一場突如其來的高燒擊倒了他，好在返程前他及時康復過來，沒有因此延誤歸期。所有人都只把這次生病當做是一個小插曲，只有嚴歡自己知道，這根本不是什麼意外發燒，他是被鬼附身了。

附在他身上的，是一隻英國老鬼。

嚴歡的英語其實並不好，在英國他和借住家庭的交流一開始大多都是靠比手畫腳，更何況是和身上這隻不知什麼年代死去的幽靈溝通？在弄明白自己是被鬼上身後，嚴歡有整整一個禮拜的時間都在嘗試著和這隻鬼魂交流。

一段時期後，他大致獲得了自己身上這隻幽靈的資訊。名字是John，男，死因槍殺。

「難道你是被情殺？」一個月後，一人一鬼總算能夠做簡單的交流。

「不是。」

有點低沉，帶著沙啞音色的男聲在嚴歡腦內響起。

「仇殺？搶劫？恐怖攻擊？你不會連自己怎麼死的都不知道吧。」嚴歡奇道。

「這不奇怪。」John說，「做我們這一行的，很多人都是死於意外，難有善終。」

「你們那一行……難道你是混黑道的？」嚴歡有些緊張地問。

John發覺了他的慌張，低聲笑了。

「不是。不過當時很多人認為我們和混混、黑道也沒什麼兩樣。一開始時，他們甚至指責我們是危害青年的精神毒品。」想起生前，John的聲音裡帶了些感慨，隨後問嚴歡，「你知道搖滾嗎？」

搖滾這個東西，嚴歡是不瞭解的。他的大腦裡所有關於搖滾的資訊，都和噪音、暴力、還有犯罪聯繫在一起。他口無遮攔地把這個想法說出來，John只是平靜道：

「是嗎，也許一般人都這麼想。」

嚴歡聽出了他語調裡的不認同，但是John似乎無意與他爭執這些。這個神祕的英國老鬼有著奇怪的性格，他不樂意去辯駁些什麼，當他不想說話的時候，一個字都別想聽他吐出來。

嚴歡撐著下巴想。搖滾，究竟是什麼？他的思緒飄得有些遠，一點都沒注意到自己這副發呆的模樣，已經引起了老師的重點關注。

「嚴歡！」

一個粉筆頭飛砸過來。講臺上的中年女人板著臉喝斥：「不想聽課，就給我出去！」她怒目圓瞪，看著這個不上進的害群之馬。

大多數學生在這個時候都會默默低頭，示弱地坐在原位。但嚴歡二話不說，起身，推開教室門就走了出去。關門的那一剎那，他聽到教室裡其他人的竊竊私語——看戲、驚訝。無論如何，都不關他的事了。

逃出那間充斥著四五十人份濁氣和口水的牢籠，外面的空氣新鮮許多。教室緊靠著操場，其他班正在上體育課的學生看見出來罰站的嚴歡，都有些好奇地望過來。

嚴歡任由他們打量，手指插在口袋輕倚著牆。這個帶些耍帥的姿勢，加上嚴歡本就不俗的外貌，立刻引發了小部分女生興奮的低呼，當然，還帶來全體男生鄙夷的目光。嚴歡不在意，繼續在腦內和老鬼交流。

「無論什麼時候，無論在哪裡，學校都還是一樣。」John 說。

「是啊，都是一個超級大牢籠。」嚴歡漫不經心道。

被千篇一律、格式化教導出來的學生們，彷彿關在監獄裡一樣，沒有自由。他突然想到了一個笑話，便改編了一下講給 John 聽。

有人問小孩：「你讀書是爲了什麼呀？」

小孩答：「爲了考大學。」

「考大學是爲了什麼？」

「能找一份好工作！」

「找好工作爲了什麼？」

「娶個漂亮老婆，生小孩。」

「那之後呢？」

「給我將來的小孩讀書，讓他考大學。」

再之後，就像一個無限迴圈的圓圈，或者用一個時髦的說法——「閉環」。

迴圈反覆，沒有出口，也沒有意義。

嚴歡突然大笑。這麼看來，人其實和被圈養的牲畜也沒什麼區別。活在這個世界上就是為了繁衍後代，然後過著日復一日的無謂生活。

不知道其他人是怎麼想，反正嚴歡在這樣的生活中看不到一點樂趣。不過，他知道自己也只是芸芸眾生中無法逃脫的一分子，也將永遠被這怪圈束縛著。這種無可奈何、彷彿只能等待被現實強姦的感覺讓他窒息，他想找一個傳說中的桃花源，一個能夠讓他真正自由的地方！

然而，現實殘酷，他在教室外罰站，只是一個庸庸碌碌的學生。他甚至還是這群「出廠產品」中，被認為是「次級品」的那一個。

放學後，很慶幸地沒有接到任何留校輔導的通知，嚴歡照常回家。不過他顯然太早放鬆了，剛回到家，就有一個大耳光迎面扇過來！把毫無防備的嚴歡打得一個踉蹌，狼狽地後退一步。

「你今天在學校幹嘛了！我是讓你去讀書還是讓你去打混！啊？」面紅耳赤的男人張嘴怒罵著，「你知不知道你讀書花了我多少錢？暑假還拿錢送你去了趟國外，怎麼一點出息都沒有？

「學校今天打電話來說什麼？說你根本沒有心思讀書！這樣下去你以後想幹嘛，去街上撿垃圾嗎?!你不覺得丟臉我還嫌呢！

「你又不是女人還可以去街上賣，以後誰養你?!

「養你這個兒子還不如養條狗！」

有拳頭和腳踢落在身上，但是嚴歡只是木木地站著。

心底默默反對，暑期交流的費用還不是他自己偷偷存了多年的零用錢和打工的薪水嗎？不然男人怎麼會同意。

但他並沒有反駁，身上的疼痛和對面那個男人的怒罵，彷彿和他一點關係都沒有。靈魂像是飄到上空看著這一場鬧劇——事業不順、脾氣暴躁的中年男人，和毫無還手之力的他自己，都不過是被這個世界逼迫的可憐木偶。

而男人的妻子，嚴歡的母親只是靜靜地站在一旁。一邊輕輕摸著自己渾圓的肚子，一邊看著丈夫訓斥兒子。她又懷孕了。

這個家庭即將再添一個小生命，一個可以重新塑造、不會像嚴歡這麼桀驁不聽話的生命。一個或許甘於被規則壓迫，柔順地服從秩序的生命。

鼻青臉腫地回到自己的房間，嚴歡把書包往床上一放，動都不想動。肉體的疼痛不可忽視，不過更痛的卻是左胸。他清楚地認識到，即使一再否認，自己和那些批量化的「標準產品」依舊沒有什麼不同。

即使再不甘，他終究也是被圈養的牲畜。是被這個狗娘養的世界狠狠地捆在地上，飛不起來的一隻鳥！

老鬼從頭到尾都沒有出現，似乎根本就沒有他這個鬼魂。嚴歡有點鬱悶，這該死的老鬼是不是一直躲在旁邊看熱鬧？

「床底下那個盒子裡是什麼？」John卻在此時突然出聲。

嚴歡納悶，John一不問自己的傷勢，二也不安慰自己一下，就問這麼一個沒頭腦的問題？他探頭向床下看了一眼。

「哦，吉他。」

「吉他？」老鬼的聲音似乎有一點提高。

嚴歡敏銳地注意到了，他猛地想起自己身上的這隻鬼魂好像是玩音樂的。吉他這種西方樂器，他應該會彈吧。

不知哪來的興致，嚴歡從床底下翻出了蓋滿灰塵的吉他盒。這還是他初中時一時興起用省下的零用錢買來的，但除了第一週亂彈了幾下，就一直沒碰過。

這是價值一千多塊的一把民謠吉他。

他拿出吉他。木製的音箱看起來很薄，漆面光滑卻有一種廉價感。嚴歡撥動了幾下，發出幾個走掉的音。

「我來。」

老鬼說了這麼一句，嚴歡就突然看見自己的身體不受控制地動了起來。他的身體被 John 操控著，以一種熟練的姿勢拿起了吉他，隨意擺弄了幾下旋鈕，似乎是在調音。半分鐘後，一陣低緩小調響了起來。

很簡短的曲子，像是走在鄉間小道上的少年隨意哼的曲調。這聲音傳入耳中，卻讓人身臨其境，彷彿連少年褲子上的補丁和他那稚嫩倔強的臉龐，都能在眼前緩緩展現。曲調隱隱帶著一種受困和壓抑的痛苦，然而卻絕不屈服，要向這不滿的世界狠狠揮出自己的拳頭！

嚴歡不由得產生了共鳴，覺得自己也是那不屈奮鬥的人群中的一個。對這個世界有太多的不滿，有太多的不甘，都從吉他聲裡傳達了出來。等回過神時，John 不知什麼時候停了下來，嚴歡意猶未盡地問：「這也是搖滾？」

「這是藍調。」

藍調、紅吊、黃釣。嚴歡不知道什麼是藍調，也不知道這和搖滾有什麼關係。他只知道，他喜歡這個曲調，可以忘記自己被剪斷的翅膀，幻想成一隻自由的飛鳥。

那一晚，嚴歡的睡夢中充斥著樂聲，像是有人在輕輕低吟，又像是吉他在彈奏。

夢中，他走在曠野上，張開雙手，擁有無限的自由與快意。可以不受束縛，可以隨意盡興。沒有壓迫，沒有牢籠，只有一望無際的天空讓他任意飛翔。一覺醒來，嚴歡有點遺憾那只是一場夢。

不過，帶給他美夢的曲子他可還沒忘記。

於是他問 John：

「嘿，可以教我彈吉他嗎？」

在開始向 John 學吉他的第二週，嚴歡就有了放棄的衝動。

他實在沒想到，這種看起來簡簡單單的樂器，想要熟練掌握竟然那麼困難。

「你以為天下有免費的午餐？」John 輕哼一聲，這陣子他也學會了一些中文諺語。

手指從弦上收起，嚴歡看著自己磨出來的血泡。雖然已經有做處理，但還是很痛。這些傷痕都是按壓吉他的鋼絲弦時被磨出來的。

「和絃就已經有好幾種要記了，想練會一首歌，還要學會熟練地轉換和絃。」嚴歡道，「你借用我的身體彈吉他的時候，感覺沒這麼難啊。」

「我是我，你是你。」John 厲聲道，「想要學會吉他，只能靠你自己練習。」

嚴歡無奈，他本來只是對這種音樂有些興趣，也想自己親手彈一彈。沒想到 John 一教起人來會這麼嚴肅，比起他遇過的那些惡鬼老師有過之而無不及。

雖然這樣抱怨，但是嚴歡沒想過放棄。這可是他第一個有興趣主動學習的事物，怎麼能這麼快就半途而廢？

從那晚開始，每天在搞定作業後，嚴歡會抽出半小時的時間來練習吉他。

就這樣，逐漸從只能彈出幾個單調的音符，到學會部分和絃，再到可以練習完整的歌曲。當他用吉他彈出第一首旋律時，那充斥在心中的成就感和喜悅，是其他任何事物都比不上的。他在這種學習中，獲得了無法比擬的快樂。

漸漸的，似乎現實中的那些壓抑與不順都不再那麼讓他煩躁了。

生活中除了被強制安排的事物，出現了自己真正想要去做的事，這讓嚴歡覺得格外有動力。他現在很少在學校表現得太叛逆，而是把精力都留到晚上練吉他。這個轉變，甚至讓部分教師以為他改過自新了。

「嚴歡！」

這天的下課時間，有人跑來找嚴歡。是少數幾個和他感情不錯的男生之一，李波。

「你最近是怎麼了？安分了很多嘛。」李波道，「外面都在傳你是不是死會了，所以浪子回頭啦。這幾天我們學校超多女生為你失戀呢，大帥哥！」

他這又羨又恨的語氣，讓嚴歡失笑。

「是啊，的確有個大美人，讓我每天都睡不飽。」他是因為練吉他才晚睡，如果 **John** 可以算美人的話，這倒是句真話。

「不是吧，你這小子竟然這麼爽！」

「爽你個頭！」嚴歡一把拍下他的手，「我是在學吉他。」

李波的眼睛一下子亮起來，「帥哥就是帥哥，果然都愛這些耍帥的東西。」

「什麼耍帥？」嚴歡忍下跳動的青筋，「這是音樂，音樂你懂不懂？」話一出口嚴歡就後悔了。果然，李波捂著肚子，笑得前仰後合。

「哎呦！音樂，沒想到你竟然還是一個音樂人！假掰，太假掰了。不行，肚子好痛，哈哈哈哈！」

嚴歡不想理他，其實說得那麼文藝他自己也很恥。什麼音樂？他現在只是一個剛剛學會摸兩下吉他的小鬼頭而已。他似乎聽見腦海中的 **John** 輕輕地笑出聲。

這老鬼肯定也在嘲笑他！

倒是李波笑夠了後，又勾上嚴歡的肩膀：「喂，說真的，你真的在……咳，在玩吉他嗎？」

嚴歡翻了個白眼，不想理他。

「好啦，剛才笑你算是我錯了，我補償你還不行嗎？」李波雙手合十，「這個週末來找我，我帶你去個刺激的地方。」

「謝了，我可不想跟著你鬼混。」

李波家裡是開酒吧的，在道上有些認識的人，嚴歡不想攪進去。

「說什麼啊！帶你去正經的地方，你不是在學吉他嗎？我帶你去見見世面。」

看李波眉飛色舞地說著，嚴歡心中也有些心動。世面？難道就是這幾天 John 說的樂團現場演出？

「跟他去。」一直沒出聲的 John 開口，「我也想看看這裡的樂團表演。」

既然師父都下令了，嚴歡還能說什麼呢？於是他和李波約好，週六晚上兩人一起出去。

週六晚間九點，在確定隔壁房間的父母都睡著後，嚴歡偷偷翻窗而出。

John看他這麼做，倒是一點都不反對。有時候嚴歡真懷疑附身在自己身上的是不是一個成年男性，怎麼對他的行為一點管束都沒有。John只說，翻窗偷跑這種事情，在他年輕的時候不過是小菜一碟。果然老外就是老外，不管是什麼都比較開放。

「嚴歡！」

在約定的地點，遠遠地就看見李波在招手。深夜時分的街上沒幾個人，兩個少年走在路上頗引人注目。

「這樣不行。」李波上下打量著打扮得規規矩矩的嚴歡，「你這樣進不去啊！」

「你究竟要帶我去哪？」

「沒啥，就一般的酒吧。」李波繞著嚴歡轉了幾圈，突然眼前一亮，「有了，你跟我來！」

十分鐘後，兩人出現在一條酒吧街的入口。

兩個人此時穿的像街頭的小乞丐，衣衫不整，頭髮凌亂。不過按李波的話來說，這樣穿才有型。

走進酒吧的時候，店門口的保安沒多說什麼，望了他們一眼便收錢放行。也許是沒看穿他們的年齡，也許只是不想多管閒事。總之，他們成功混了進去。

嚴歡進入酒吧後謹慎地望了一圈，這裡不像他想像中的那麼混雜，也沒有傳統意義上的吧檯和坐席。倒是有一個巨大的、高出地面一米多的舞臺布置在正中間，人群三三兩兩地站在舞臺周圍，各自聊天。

酒吧內放著不知名的音樂，倒有點文藝氣息。

「怎麼樣，我就說不錯吧。」李波得意一笑，「這家 Live House 是我爸朋友開的，不做別的生意，專門做樂團表演。有固定樂團也有流竄的樂團，Live House 和一般酒吧不同，主要是靠樂團的表演賺賺門票錢。」李波頭頭是道地解釋起來。

不過嚴歡現在沒有心思聽他說，他在腦內和 John 正聊得火熱。

「這裡和你們那邊比怎麼樣？」

「布置差不多。」John 道，「主要還是看樂團的演出，一場出色的 Live 離不開優秀的樂團。」

一人一鬼正聊著，燈光突然暗下來。周圍陷入一片黑暗，有人興奮地歡呼，表演即將開始。主持人上臺介紹了今晚幾支樂團的出場順序，隨後便讓出了舞臺。

人群漸漸安靜下來，所有人都在等待著，彷彿集體屏住呼吸。嚴歡也不由得被這種氣氛感染了，眼睛緊緊盯著舞臺。黑暗中感覺過了許久，他才聽見第一道聲響。

咚——！

擊鼓的聲音，似雷鳴般落下。

咚咚咚——鏘！咚——咚咚咚噠！

最先傳來的是鼓聲，鼓點一擊一擊地敲打在人心頭，像是要將你的心臟一起抓住！落下的鼓點連成一串，如一排飛出的音符，快速、激猛，讓人猝不及防。

接著是吉他，聲音和嚴歡自己在家彈奏的完全不一樣，多了一種電子音的頹靡和尖銳，穿透耳膜直達大腦！吉他手飛速撥弦，炫技般的快節奏讓人群很快地興奮了起來。

貝斯的聲音跟著加入了進來，低沉而不引人注意，卻是樂團演奏中不可或缺的基石。好似一個文雅的紳士，暗暗站在幕後，低調，卻無處不在。

三種樂器默契地融合在一起，高音、低音，快節奏，沉穩地擊打。

樂聲漸漸邁入高潮，越來越激昂，人群完全被挑動起來，酒吧內一片歡呼和吶喊。光影晃動，音符跳躍！人們隨著鼓聲脈動心臟，彷彿血液裡流動的就是音樂！

嚴歡也不由得興奮起來，而李波早就融入人群一起大喊。在主唱極富磁性的歌聲中，每一個人都為之瘋狂，為之感染。他們拋下一切，盡情地狂喊著！

眼前不知道什麼時候恍惚起來，當樂聲漸漸從耳邊消失，嚴歡才發覺自己正和人群一起在歡呼。直到這支樂團演奏完，他才回過神。

「John，這就是你說的現場演出嗎？」嚴歡的聲音微微壓抑著興奮，「這就是搖滾？」那彷彿從靈魂深處傳來的吶喊，深深震懾了他。

「這只是屬於他們的搖滾。」John的聲音傳來，「不是我的搖滾，也不屬於你。」

嚴歡聽他的聲音還是一如既往的淡然，忍不住問：「怎麼，你還看不上這樣的表演？」

John不語，算是默認。嚴歡心裡隱隱有些不服氣，「難道你們國外的樂團就真有那麼出色？」

「不是同個等級。」John毫不客氣，「這些都還算不上什麼。」

「真的？」嚴歡似信非信。

他今天第一次現場接觸搖滾，震撼不小，還無法想像John口中所說的究竟是怎樣的等級。

John則是以專業角度來點評剛才表演的樂團：「貝斯還不夠funk，吉他推弦也有點勉強，鼓手的實力倒還上得了檯面。」

聽他這一副高高在上的語氣點評，嚴歡好氣又好笑，不過也想起一個問題。

「John，我一直沒問你，你生前究竟是什麼人？」為什麼對搖滾如此瞭解，如此執著。

「我？」

John回答：「只是一個會彈吉他的人。」

熱場的樂團過後，又接連是幾個樂團的表演。

似乎是過了初次看現場表演的興奮，再加上耳邊又總有John在點評各個樂團的缺點，嚴歡逐漸沒有最開始時那麼興奮。

現場的演奏雖然也很容易調動情緒，卻沒法讓他擁有與那晚一樣，第一次聽John撥弦時那種觸動心靈的感覺。

他不由得想，或許John並沒有說大話，這裡樂團的實力和他們那邊相比，還是有差距的。

這麼想著的時候，李波一邊晃著身子，一邊過來找他。

「怎麼樣，我就說不錯吧！是不是很夠味？」

人群中的李波，臉色已經通紅，面上滿是興奮的神采。「我跟你說，嚴歡！這才是真正的音樂！不是那些悲傷春秋唱著你愛我我愛你的小文青！你可別學人家裝憂鬱，不然我一定當作不認識你！」

嚴歡一笑，不說話。他心裡卻已經有了另一番思量。

什麼是音樂？它能觸及你的靈魂，帶動最深處的情感。他想起那一晚 John 彈奏的小曲，心裡對李波的話有些不屑一顧。我有我的音樂，而它，並不在這裡。

被現場表演鼓動起來的熱血雖然已經漸漸冷卻下去，但是嚴歡心中對於搖滾的渴望卻是一發不可收拾。他現在蠢蠢欲動，迫不及待地想立刻回去拿起吉他，彈他個天昏地暗。

他是有點想走了。可就在這時，原本就昏暗的酒吧驟然全暗下來，完全沒有光亮！

人群先是一愣，接著高聲呼喊起來！

「夜鷹！夜鷹！」

「阿聲！阿聲！」

眾人賣力地喊著幾個名字，似乎是壓軸的樂團準備出場。黑暗的舞臺上有幾個人影登了上去，朝臺下歇斯底里的觀眾們揮著手。

嚴歡有些興致缺缺，心想又不是什麼大明星，擺什麼譜？不得不說，他現在是有點吃不到葡萄說葡萄酸。

吉他手快速撥弦，人群瞬間安靜下來。

咚噠，咚噠。鼓手輕打節拍。

一陣幾乎刺破耳膜的吉他聲亮起，流暢、犀利，毫不給人喘息的機會，就那麼直直刺進心裡！它來無影去無蹤，卻緊緊扣住心弦！黑暗中，吉他手的手指在弦上翻飛，帶出的曲調氣勢囂張，就如同午夜的鷹，君臨夜晚！

燈光驟亮，打在舞臺中間的吉他手身上。

一頭半長的黑髮在微醺的音樂中輕晃，冷峻的臉掩藏在燈光的陰影中，眉目緊閉。臺下的女生們發出陣陣嘶啞的尖叫，拚命地呼喊著他的名字。

「付聲！」

正在彈奏的吉他手突然抬起頭，望了眼臺下。那眼神好似吞噬人的猛獸，要抓住你啃噬乾淨！

嚴歡的心律突然停跳一拍。

他耳邊，傳來一陣更衝擊的撥動！隨即，是整個樂團猛然提高的伴奏，主唱扯開喉嚨，對著麥克風大聲嘶吼起來。

沒錯，是嘶吼！彷彿是瀕死的病人在撕扯自己身體上的每一寸血肉，痛入骨髓，更刻入心扉！隨時隨地都在邁入更絕望的境地，都在發出更嘶啞的吼聲。

這種幾乎令人窒息的衝擊感，就是搖滾？帶給你致命快感的音樂，就是搖滾？

一曲過後，嚴歡才發現自己手心不知道什麼時候捏得滿是汗水，就連後背也都溼透了。

真是猶如毒品一般的音樂，能啃噬你的心神。

「John，你還在嗎？說些什麼。」嚴歡深呼一口氣。

那樂曲濃稠的黑暗感覺，讓他幾乎喘不過氣。他不是很喜歡這種風格，但是不可否認正深深被其撼動。這究竟是哪一種風格的搖滾？

「死亡金屬，似乎有些不同。」John 困惑。

「連你也不清楚？」

「畢竟我死了這麼多年，這世上有新出現的搖滾風格也不稀奇。」

「……John，你究竟是個存在了多少年的老鬼？」

John忽視了他這句話，不過卻給予了這支壓軸樂團一個不錯的評價：「他們還不錯，尤其是那個吉他手。」

「他很厲害？」

「在我聽過的吉他裡面，他可以排進前一百。」John正色道，「而且他還年輕，有很多潛力。」

「不過如此。」嚴歡有些失望。

「能被我排進前百的都是獨一無二的人物。歡，就你目前的實力來說，連前一百萬都擠不進。」

嚴歡黑著臉，「老鬼，你可以不說後面那半句話。」

兩人的交流完全是在意識中，在旁人看來，就是嚴歡這個小鬼頭在音樂的衝擊下，傻愣愣地站在那裡說不出話來。

「嘿，小鬼，第一次來這裡？」旁邊有一個高壯的大叔和他打招呼，「怎麼樣，感覺不錯吧？」

這人問得和李波一樣，嚴歡不想理睬，但也不願惹麻煩，只能回道：「還行，不過我並不喜歡死亡金屬的風格。」他這完全是現學現賣。

「哈哈哈！小鬼口氣倒不小！」壯大叔大笑道，「你還知道死亡金屬？不錯不錯，不過夜鷹的搖滾可不是死亡金屬，而是旋律金屬，班門弄斧也要掂掂自己有幾兩！」

嚴歡頓時羞惱得雙耳通紅，他心裡痛罵John，過時的情報真是害人不淺。老鬼這時候倒是潛進他的意識中一言不發了。

看出嚴歡的窘迫，那大叔又笑起來，「不用不好意思！畢竟旋律金屬也是從死亡裡分離出來的，很多人都分不清楚。你還算不錯！」

旋律金屬，死亡金屬，還搞個分支？

不都是搖滾，分那麼多種類別幹什麼？簡直和老鬼John一樣麻煩。

嚴歡心裡低咒幾句，同時也想擺脫這個裝熟的大叔，便謊稱自己要去廁所。現在臺上已經又換了一支樂團在表演，臺下的氣氛正嗨，沒有幾個人離場。

嚴歡從擁擠的人群中掙脫出來。他看了眼身後人聲鼎沸的舞臺，決定還是去廁所透一口氣。

人少的地方，空氣清新不少，嚴歡深呼吸一下，準備進廁所去洗把臉。然而他剛推開廁所的門，就僵在那動彈不得。

男廁，洗手臺旁，一個女人正低聲呻吟著，她埋頭在另一個男人的跨下，張大嘴吞吐著什麼。而被她討好的男人，只是背靠著牆，嘴裡叼著根菸，面無表情地吞雲吐霧。

女人的低吟聲迴旋在室內。

「唔……嗯，阿聲……唔嗯。」

我靠靠靠靠靠靠！

嚴歡大退一步，「啪」一聲狠狠關上廁所大門！

熱血上湧，他一邊惱火一邊恨不得戳瞎自己的眼，不對！應該是戳瞎那對光天化日之下亂搞的狗男女的眼睛！公共場合，知不知道什麼是公共場合，他們究竟在搞什麼？

嚴歡飛快地走了兩步，怒火沖天。他又突然想起來，廁所裡的那個男人似乎有點眼熟。

等等，那冰冷看人的態度，那斜四十五度角俯視人的目光，不正是剛才臺上夜鷹的吉他手？

「John！你們搖滾樂手都這麼沒節操嗎？」

「男歡女愛，難道不是人之常情？」John用新學的成語反駁他，「你要知道，搖滾樂手是很受歡迎的，有很多女人為了和樂手們睡一晚，千里迢迢地跑過來，我們那時候俗稱她們為『骨肉皮』。」

「說得好！果真只有一副骨肉和皮囊。」

「你生什麼氣？放心，等你成了知名樂手後，也會有很多女孩來找你玩。」

「我才——不需要！」嚴歡怒吼他，氣勢洶洶地跑回酒吧區，一走近舞臺，沖天的樂聲就響徹耳膜。但嚴歡現在心情極差，只覺得這些聲音煩人。他在人群中找了半天，逮到李波，就勒著他的後衣領把他拽了出去。

「你幹什麼？我還沒玩夠呢！」李波掙扎。

嚴歡回頭看他一眼，李波立刻就不敢說話了。他看得出來，自己這個朋友現在心情不佳，還是少招惹為好。

兩人離開沒多久，廁所門推開，面無表情的青年整了整衣服，神色淡然地離開。

「付聲！」身後的女人哀怨地看著他，卻沒有換來吉他手絲毫的憐憫。

他走進光影紛雜的燈火。他的世界，是搖滾和吉他。

第二天，嚴歡對著鏡子撲了好幾次冷水，才確定不會被人看出自己睡眠不足。他和李波昨晚凌晨兩三點才回到家，而嚴歡的腦中一直擺脫不了那些音樂，直到天亮都沒睡著。

他有些渾渾噩噩地走在上學的路上。路邊落下的梧桐葉鋪成厚厚的一層，而那些循規蹈矩的學生一個個從他身邊經過。看著這一如往常的景象，嚴歡心裡突然湧上一股煩躁。

他看著自己腳下的影子，和那些學生的影子毫無不同。背著沉重的書包，走在沒有分叉的這一條路上。

有那麼一刻，他真想撕破這令人無法呼吸的牢籠！

像昨晚那樣，無拘無束。

這是嚴歡第三次放下吉他，忍耐著腦中某老鬼喋喋不休的囉嗦。實在忍無可忍，他一把將吉他拋到床上，大聲道：「夠了，John！你還要再說幾遍？」

「直到你學會這首曲子為止。」John回答。

「那你能不能用更溫和、寬容的態度和容易理解的方式教我？而不是一直在耳邊碎碎念我有多笨！」

「你的確很笨。」

「……」

「好吧，和一般人比起來你是有那麼點天分。但是在我接觸的人裡面，你的確是學吉他天賦最差的一個。你要放棄嗎？」

「白痴才會放棄！」嚴歡重新拿回吉他，抱進懷裡，「我學吉他只是為了自己開心，又不是為了去和別的什麼人較勁。」

「難道你不想彈得更好？」

「失之我命，得之我幸。練得可以聽就夠了。」

「真是沒追求。」

嚴歡忍了忍頭上的青筋，「John，我跟你說，像你上回稱讚的那個很厲害的吉他手，我可是一點都不喜歡！技術好有什麼用，彈自己喜歡的音樂才是快樂的事情吧！」

John沉默了片刻，「你這句話，很久以前我也這麼想。」

「是吧，我就說。」嚴歡忍不住得意。

「但是後來發現，只顧自娛自樂的音樂，用你們的成語來說就是閉門造車，一點意義都沒有。搖滾就是要讓許多人一起聽才有趣，而為了讓其他人樂意聽你的音樂，就必須練好技術。」

「我又不是要去當什麼搖滾歌星，只是自己練好玩的而已。」嚴歡抱著吉他，輕輕撫了一把。

「是嗎，那你以後準備做什麼？」

「混到畢業，然後隨便找個工作唄，反正我這個成績也考不上什麼大學。」

「找到工作以後呢？」

「遇到個順心的就結婚。」

「然後呢？」

「生個小……」嚴歡說到這裡，兀地止住了，有些羞惱道，「你不要下套讓我鑽！」

「這不是我下套，是你自己說的，歡。」John正色道，「像這樣過著日復一日被安排好的生活，你已經覺得活得和牲畜沒兩樣了，難道現在就打算認命了嗎？」

「我可沒這麼說。」嚴歡咕噥著。

「但你也和其他人一樣，在這條路上乖乖走著。」

「夠了！」嚴歡突然大喝一聲，「不然還能有什麼辦法！去街頭當小混混？或者現在洗心革面當個好學生？我沒那種天分！除了照他們規定的路走下去，還能幹什麼？」

意識裡，John寂靜了好久。發了一通大火的嚴歡這才回過神來，自己好像不知不覺把John當成出氣筒來發洩平日裡的壓抑和不滿了。

「抱歉，John，我……」

「組個樂團吧。」

「啊？」

「組個樂團，歡。然後找出自己心裡最想要的究竟是什麼。」

在John說出那番話之後的幾天，嚴歡雖然當時沒當一回事，其實腦海裡一直忘不掉那個念頭。

這天，便在學校裡一個閃神就對李波說出來了。

「你說，要是組個樂團會怎樣？」

「你說什麼！組樂團？」李波一臉興奮，「好啊，一定要算我一份，這可是撩妹神器！到時候往臺上一站，滿場的女生都會尖叫，嘿嘿。」

嚴歡煩躁道：「誰說組樂團就是為了撩妹？」

「不然勒？」

「找出自己的理想、尋找生命的意義……之類的。」

嚴歡還沒說完，那邊李波已經捧著肚子大笑起來。「哎呦喂！大哥，你別搞笑了！你個小屁孩想這些幹什麼呀？」

嚴歡惱羞成怒，獰笑著狠狠一拳打在他肚子上，直接把李波打得臉色泛青。

「我不是在開玩笑，跟你說真的。」

「唔！咳咳，我懂，我理解，別動手！」李波捂著肚子，「下手真狠，我都快內傷了。嚴歡，我問你，怎麼突然想到要組樂團？」

「沒什麼，就是突然覺得每天過這種生活很無聊。想說要是組一個樂團的話，會變成什麼樣？」嚴歡撐著頭看著窗外，「會不會發生一些改變？」

「那就試一試。」李波道，「你有空在這裡想那麼多，還不如放手幹。到時候你就知道自己想要的是什麼了。」

「……」

「怎、怎麼？幹嘛這樣盯著我？」

「沒，我只是想，偶爾你也是能說出一兩句人話的嘛。」

就這樣，在吉他上還是一隻初生牛犢的嚴歡，開始組建樂團。

首先，他們在學校認識的人中散布這個消息。沒想到，學校玩搖滾的人竟然比預料中還多。在這個幾乎不能呼吸的高中校園裡，有那麼一群人，擁有不一樣的自由。

藝術班，普通班學生習慣稱他們為「那邊的人」，而老師則是將他們看成徹頭徹尾被放棄的廢物。和一般學生比起來，藝術班裡的「混混們」擁有更多的自由和時間。

所以得知他們之中也有幾個人玩樂團的時候，嚴歡倒是沒有李波那麼驚訝。光是嚴歡這個年級的藝術班，就有三四個男生在玩樂團。當嚴歡找上門時，先是被狠狠嘲笑了一番。

「我說你一個普通班的不好好讀書，搞這個幹什麼？」

「是啊，到時候那些老頭又要說是我們把你帶壞了。這罪名可承擔不起！」

「還是回去啃課本吧，乖寶寶！」

嚴歡沒想到在班上一向是個叛逆分子的自己，竟然還有被叫乖寶寶的一天。不過，他看了眼對方，幾乎每個人的頭頂都染了撮金毛，身上掛滿了叮叮咚咚的飾物，倒沒有否認這個稱呼。

人外有人，天外有天，和他們比起來，每天還記得回家寫作業、穿好校服上課的嚴歡，的確很乖。

「我只是問一問你們願不願意？可以的話，大家一起玩不是進步比較快？」

畢竟都是學生，這些藝術班的同學還不至於像電視裡的小流氓那樣揪著嚴歡的衣領，用鼻子把氣呼在他臉上。他們只是看了看嚴歡，警戒解除後覺得有些好奇。

「你真的在玩吉他，彈得怎麼樣？」

嚴歡看見他們教室後面就有一把吉他，指了指：「我可以試試嗎？」

最後，差不多在整個藝術班學生的注視下，嚴歡彈完了昨天 **John** 新教的一首曲子。

一曲下來，他雖然面色不改，但其實心跳如鼓。

「還不錯。」最後，一個染著褐色頭髮的學生評價，「不過我們這裡已經有吉他手了，你要是加入的話，暫時只能當個替補的。」

「什麼！我們可才是不辭萬里來——」

嚴歡一把拉住要爆發的李波，點頭說：「可以，我加入。」

「識相啊，小子。沒想到普通班也有像你這麼懂規矩的人！以後你就是我們夜影的一員！我叫于成功，往後在學校裡就由我罩著你了！」于成功拍著嚴歡的肩膀，很快就把他拉入小團體。

「于哥好。」

「哈哈哈！識相，真識相。」于哥呵呵笑著，其他幾個夜影成員也對他擅自決定收新成員的事沒有意見，只聳了聳肩。

「對了，于哥，我想問一個問題。」

「儘管問！」于成功豪氣沖天，拍了拍胸口道。

「我們樂團的名字叫夜影，和那個叫夜鷹的樂團有什麼關係？」

「問得好！我告訴你……呃，你叫什麼名字來著？」

「嚴歡。」嚴歡報上名。

「我跟你說啊嚴歡，這個夜鷹可是本市比較屌的一個樂團，能知道他們的名字證明你有些見識。而我們的目標就是以夜鷹為榜樣，奮起，直追，超越！直到也成為一個受萬千正妹追捧的樂團為止！」

嚴歡想起自己上次在男廁裡遇見夜鷹的吉他手和女人亂搞的場面，實在難以對這支樂團產生什麼敬仰之情。

「于哥，我相信你一定能做得比他們更好。」

「哈哈哈哈！有眼力！」

最後離開藝術班的時候，嚴歡和于成功交換了手機號碼，約定有時間就一起出來練習。

李波有些憤憤不平，「你這小子吃錯藥了，為什麼今天要那樣拍那傢伙的馬屁？」

「強龍不壓地頭蛇，那裡是他們的地盤，不鬧事最好。」嚴歡淡淡道，「而且于成功這個人頭腦簡單，很好唬爛。說幾句好話就和你掏心掏肺了，不是個難相處的傢伙。」

李波用一種詭異的目光看向嚴歡，「你不會平常也在暗地裡這麼評價我吧？」

「評價你什麼？」嚴歡不在意地問。

「頭腦簡單，四肢發達什麼的！」

「你很有自知之明嘛。」

「嚴歡，你這臭小子！別跑！」

之後幾天，于成功都一直沒有主動聯絡，好像忘記了世上還有嚴歡這麼個人。

就在嚴歡快要懷疑自己是不是看錯人、被人耍了的時候，于成功打了電話過來，還帶來一個不小的消息。

「喂，嚴歡嗎？」

「我們樂團報名了市內的新秀比賽，你也一起參加吧。星期六在南門見個面！就這樣，我掛了啊！」

嚴歡拿著掛斷的電話，聽著那「嘟嘟嘟」的聲音，久久沒有回神。

02

#Pray it out

新秀比賽

「比賽?!」

把這個消息告訴李波的時候，不出所料，他又是一陣大呼小叫。

嚴歡揉了揉耳朵，「你冷靜點。」

「怎麼冷靜？一個禮拜沒聯絡，一來就說要參加什麼全市比賽。他們這什麼意思？以為我李波的兄弟就是這麼耍著玩的？」

「我想他可能是忘記了。」嚴歡斜靠在路燈上，「總之，等一下他們來了再問具體消息。」

說曹操曹操到，話音未落，就聽見于成功的大嗓門：「嚴歡！」

于成功帶著夜影的另外幾人，一溜煙地跑了過來。

「幾天不見，氣色不錯啊。」

「還好吧。」嚴歡低頭一笑，「只是最近一直沒有于哥的消息，我還以為被你們放棄了。」

于成功一臉愧色，「這、這的確是我不好，忘記跟你說這件事。前幾天我們看見這個比賽的消息，就決定要抓住機會參賽，最近一直在練習，就忘記跟你說了。抱歉，實在抱歉！」他雙手合十做求饒狀。

「于哥一直這麼忙，我怎麼好怪你？而現在你們也找我來了，我也想盡自己的一分力。」嚴歡笑一笑問，「今天出來也是去練習？」

李波見他這麼「善解人意」，驚得眼睛都要脫窗。這嚴歡，還真是見人說人話，見鬼說鬼話。

「是啊。」于成功搭著他肩膀，「我預約了一間練習室。走吧，今天正好是週六，我們可以練一整天。」

「我這有個朋友也喜歡搖滾，想跟著一起去看看，能帶他一起嗎？」

「沒問題啊，來吧！」

于成功帶著嚴歡他們來到一間練習室，位置在一家樂器行旁。這附近玩樂團的人都喜歡租借這裡的練習室，隔音好、設施齊全，就是價格稍微貴了一點。嚴歡有些意外，于成功只是個學生，竟然租得起這種價位的練習室。

由於沒想到今天會是出來練習，嚴歡並沒有把吉他帶在身邊。而等到他進了練習室，見于成功他們都卸下身上的「裝備」後，不免慶幸自己今天沒有帶吉他出來。

因為于成功他們全部都是用電吉他練習，嚴歡一個人要是拿了民謠吉他出來，那可就丟臉丟大了。

樂團的正式練習，基本上都是用電吉他、電貝斯，還有爵士鼓。為了確保音響效果，還要為這些電字開頭的樂器插上揚聲器，這些都是現場表演的必需裝備。

而嚴歡作為一個剛開始學吉他的小菜鳥，對於這些常識是一概不知的。

「John，在你們那個年代就有這些樂器了？」

「電吉他的確很早就出現了，和一般吉他不同，可以調節音量。而且現場表演的時候，電吉他能演奏出更多的風格。」

嚴歡聽著John的科普，看著于成功他們試音，問：「為什麼他們是用一個和指甲差不多大的三角片在彈奏？」

「那是撥片，用指甲彈奏很傷手，用撥片代替就會方便很多。」

嚴歡心裡默默記住了，看著自己傷痕累累的雙手，決定等等回去也買一個來用。

「John，你之前怎麼都沒有講過這些？」

腦海裡的老鬼遲遲沒有出聲。

「John？」

「抱歉，因為這些都是太基本的知識，連初學者都不會問，我一時忘記要對你說。」

所以 John 的意思是嚴歡連初學者的知識都不瞭解，已經無知得超過了他的想像？嚴歡決定不去理會 John 這種不自覺的嘲諷，繼續看于成功他們練習。

這支夜影學生樂團，實力和 Live House 裡那些表演樂團簡直是天差地別。但是于成功他們埋頭練得火熱，毫不在意這些。幾個大男生練到興起的時候，甚至還忘我地甩起頭髮。雖然甩出來的都是一頭臭汗和頭皮屑，但是他們還是樂此不疲。

和嚴歡一起看練習的李波也在感慨：「他們這份衝勁要是用在讀書上，學校裡那群老古板做夢都會笑醒吧。」

嚴歡卻不置可否。

被人逼迫著去做某一件事，和去做自己真正感興趣的事情，那感覺完全是不一樣的。在被逼迫的時候，只會產生壓抑和痛苦。而為了你自己熱愛的事情，哪怕再苦都可以轉換成一種快樂。

這是兩個截然不同的概念，像一般家長那樣感嘆「要是我家孩子在讀書上也有這種心思就好了」，是完全沒有必要，也沒有意義的。

他此時看著練習得滿頭是汗的于成功幾人，眼中也有遮掩不住的羨慕。在這個被壓抑著性格、無法自由選擇的年齡，能擁有一件如此熱愛的事情是多麼令人欣羨。

幾番練習下來，于成功他們中場休息，他抽空走過來問嚴歡：「怎麼樣？感覺如何？」

嚴歡看著他額角滴落的汗水，微笑道：「很厲害。」

這是他的真心話，能夠這樣專注而認真地投入自己的夢想中，的確是非常令人敬佩。

「呵呵。」這回倒是于成功有些不好意思地抓了抓後頸，「哪裡，其實我們的實力也就是一般般。對了！嚴歡，你今天不是沒有帶吉他來嗎？先用我的練習一下好了！」

嚴歡還來不及說自己不是沒帶、而是根本沒有電吉他，就已經被于成功拉了過去，一把將他的電吉他塞到嚴歡懷裡。

這是嚴歡第一次感受電吉他的觸感。琴頸和絃上，還有著于成功留下來的溫度，讓這把電吉他摸起來有一種溫熱的感覺，就像它不僅僅是支冰冷的樂器，而是與樂手身心契合的生命體。

嚴歡觸碰吉他弦的手指甚至都有些微抖，他緊緊閉上眼，許久，才再次睜開。握緊手中的電吉他，嚴歡婉拒了旁邊的人遞過來的撥片，用自己的手指彈起來。

彈奏出第一個音的時候，「鏘」的一聲，似乎是打開了心底的某道桎梏。電吉他的聲音清楚明亮，像個鬥志昂揚的年輕人在對這個世界叫囂著自己的不屈服。它是鬥士，是勇士，發出倉促激昂的聲音，勾出人心底的每一分激情。

時而，它也會有婉轉的音調，像蟄伏休憩的雄獅，露出自己溫情的一面。

嚴歡的技術還很粗糙，但是這樣入情地彈奏下來，先不說別人，他自己心底就掀起陣陣波濤。彷彿看見了一個新的世界，他可以任意呼嘯、嚎叫、放縱，不用去在意任何人異樣的矚目。

彈完一曲，有些依依不捨地放下吉他，嚴歡這才注意到自己的後背汗溼了一大片。抬起頭，于成功正似笑非笑地看著他。

「第一次彈電吉他？」

「……嗯。」

「理解！我第一次的時候也是這樣，激動得不得了！恨不得覺得整個天下都是自己的！」于成功感慨道，「不玩吉他的人，不會有這種感受吧。」

旁邊的人取笑他道：「喂，你什麼意思？我們玩貝斯和爵士鼓也很有激情啊！」

「哈哈，我只是打個比方……」

與同伴玩笑打鬧的于成功，又轉過身對嚴歡道：「不用理他們！吉他的世界，只有我們吉他手自己懂。」

嚴歡看著眼睛裡幾乎都快要發出光來的于成功，第一次覺得他真的是一位可以互相理解的朋友，而不只是一個通向搖滾樂的踏腳石。他心裡為自己之前的想法有些愧疚，但是同時也生出更多的豪情。

「John，吉他……不，搖滾原來是這麼有趣的東西嗎？」

John 沒有回答，心裡卻有掩飾不住的驕傲。他想讓嚴歡自己去瞭解世上這個獨一無二、能夠打動靈魂的音樂。

夜影樂團一直練習到傍晚，幾個人才幾乎脫虛地走出練習室。于成功去和老闆結帳，嚴歡則是默默注視著在他們出來後，另一支急匆匆地竄進練習室的樂團。在這裡的每一個人臉上，他都能看到對音樂、對搖滾，永不停止的愛與熱情。

當他把這句話告訴李波的時候，李波像見鬼一樣地看著他。

「你看看自己的臉吧，和那些傢伙沒什麼兩樣！」

嚴歡一愣，伸出手摸了摸自己的臉，竟然在嘴角摸到一個大大的上揚弧度。

原來他竟然這麼開心？

這樣暢快淋漓的笑，究竟有多久都沒有過了？

他無視李波調笑的目光，自言自語道：「是嗎？我竟然已經這麼喜歡了。」

李波都快嚇呆了，拚命在嚴歡面前晃手道：「喂，你沒事吧？怎麼像著了魔一樣！」

「是著魔了。」拽下李波的手，嚴歡想，對吉他著魔並不是一件壞事。他在腦海裡呼喚老鬼：「John，我想，我已經找到自己最想要做的事了。我要繼續彈吉他，有一天組一支自己的樂團。」

「是嗎？那就堅持下去，你會越來越愛它。」

老鬼的話一語中的。

搖滾會讓所有愛上它的人，都像著魔中毒般，再也無法離開。

就在嚴歡他們離開練習室後不久，又有一支樂團上門來練習。

「阿寬，今天又來練歌啊？」老闆似乎認識他們，和其中一個二十出頭的小伙子打招呼。

向寬點頭笑道：「是啊，馬上就要有全市的新秀比賽了嘛，得把握時間練！」

「阿寬，你在拖拖拉拉什麼？快點進來。」身後有團員出聲催促，向寬只來得及對老闆揮了下手，便被同伴拽進練習室了。

「老闆。」新來的員工不解地問，「只不過是個小樂團，為什麼他們每次來你都這麼熱情？又不是夜鷹那種級別的……」

「你懂個屁！」老闆道，「他們雖然現在還沒什麼名氣，但那個向寬，將來一定會是個不得了的人物。像他那樣的鼓手，我這輩子只見過三個。」說完又是一嘆，「待在這種小樂團，是埋沒他了。」

小員工輕哼，「難不成還能有夜鷹那麼厲害？」

「夜鷹，他們已經和幾年前不一樣了……」

看著老闆沉重的神色，小員工心裡一緊，「老闆，難道是最近有什麼夜鷹的負面消息？聽說他們的吉他手和主唱隊長關係不是很好。」

練習室的老闆轉過頭來，那表情似乎是隱藏著什麼大祕密。小員工滿心期待著自家老闆爆料，卻猛地被賞了一顆爆栗！

「你管那麼多幹嘛！還不去工作，那邊又有人要結帳了！」

可憐的員工摸著紅腫的額頭灰溜溜地離開。

老闆點起一支菸。煙霧繚繞中，看著那些進出練習室的樂手們，看著他們臉上對於未來的嚮往和熱情。

他吸了口菸，「搖滾啊……」這東西，真是害人不淺。

之後的幾個禮拜，嚴歡每週都去和于成功他們一起練習，說是練習，其實只不過是他在旁邊看著而已。于成功有說可以先借錢給他，讓他去買一把喜歡的電吉他一起練。

嚴歡謝絕了，電吉他不便宜，就算于成功肯借錢給他，以他目前的能力也絕對還不起。至於告訴家裡，跟父母要錢？別說嚴歡的爸爸會不會直接一個耳光下來，就是嚴歡自己，也絕對不會開這個口。

所幸他現在每晚都能抽出時間跟著 John 學吉他，不用擔心實力會跟不上——雖然在 John 挑剔的眼光中，現階段的嚴歡也沒什麼實力可言。

終於到了比賽的前一天。

于成功和他的夜影樂團一直練習到傍晚才滿頭大汗地從練習室內出來。看著一直陪他們，卻沒怎麼參與到練習的嚴歡，于成功不免有些愧疚。

「抱歉，這幾天的練習一直沒能帶上你。」

「沒事。」嚴歡道，「反正我現在沒有電吉他，實力也不夠，先跟在于哥你們身後看看就行了。」

「呵呵。」于成功寬慰地一笑，突然有了想法，「對了，明天是比賽！今晚我們先去 **KTV** 通宵一晚，就當做是熱身！怎麼樣？」

除了嚴歡外的一伙人全部興奮地叫好，雙手雙腳贊成！最後嚴歡的意見無效，被于成功押到最近的一家 **KTV**。

一進包廂，他們立刻點了幾首激烈的搖滾歌曲，爭先恐後地賣弄起自己的恐龍歌喉。嚴歡幾乎是捂著耳朵遭受他們的荼毒，最後實在是受不了，在一片噪音中詢問于成功：

「于哥，我們的主唱究竟是誰？」

這幾天練習一直都在練曲子，卻是沒聽見有主唱練歌。

「主唱？」

于成功呵呵笑著，「沒有那東西，高興的時候隨便讓一個人上去吼兩聲不就行了。」

「……」嚴歡愣住了，他是真的被于成功的回答嚇呆了。夜影竟然是個沒有主唱的樂團？這也太隨便了吧！而且就憑眼前這幾個人的實力上去吼，別說兩聲了，只怕一開嗓就會被臺下的觀眾轟下去。

看來這一次新秀大賽，夜影是前途渺茫啊。

「別聽這個笨蛋亂講。」旁邊一個夜影團員湊過來，「我們樂團的主唱就是成功，這小子只是不好意思承認而已！來吧，主唱大人獻唱一首！」

「我不是什麼主唱，是吉他手！」于成功惱羞成怒道。

「好吧，吉他手，去唱一曲吧，讓我們的新成員聽聽。」

于成功半推半就地點了首歌，拿著麥克風唱了起來。

嚴歡聽後，感覺很複雜。于成功不是唱得不好聽，相反，和前面幾個五音不全的比起來，他算是不錯了。但是這不錯也只是相對一般人而言。到時候在比賽中一定會有很多專業的主唱，而夜影這幫人卻完全不在意這件事。

雖然對於搖滾樂團來說，歌聲並不是唯一，音樂和彈奏才是靈魂。但是看著眼前這一群胡鬧的傢伙，嚴歡覺得前景還真是一片黑暗。

晚上回到家，他把這個想法對 John 說了。

「其實你可以自己試試。」John 突然建議道，「很多樂團都沒有專門的主唱，而是由吉他手或其他團員兼任。」

「像于成功那樣？」

「……當然，實力絕對和他不同。練習樂器的人樂感都不會差，唱歌也比一般人有基礎。」John道，「自彈自唱也是一種方式。我覺得你的聲音還不錯，可以試一試擔當主唱的位置。至於今天那幾個小子……」

John沒有再說下去，一切盡在不言中。

「但是我從小除了上音樂課，就沒有開口唱過歌。」嚴歡說。

「沒有唱過？一些流行音樂也不會嗎？」John驚訝，對於嚴歡這個年齡的人來說，喜歡一個明星、唱一些流行歌曲是最正常不過的，而這小子竟然說自己有好幾年不曾開口唱歌？

「有心理陰影。」嚴歡面色難堪，「小時候有一次小學演出，我被老師選出去領唱……」

「因為太緊張尿褲子了？」

「……不是。」

「唱得五音不全，被所有人嘲笑？」

「那倒也沒有。」嚴歡不耐煩道，「你能不能聽我說完？」

John連忙閉嘴，他實在是好奇，能讓還是小鬼的嚴歡留下心理陰影的事情究竟是什麼。

「我唱完之後，被綁架了。」嚴歡面無表情道，「一個二十多歲的阿姨說是我媽媽的同事，把我拐走了三天，最後才被警察找到。」

「這三天……她對你做了什麼？」John的聲音中帶了絲古怪。

「她逼我唱了整整三天的茉莉花！整整三天！那個時候我只有七八歲大，最後差點累死！」嚴歡道，「從那以後，上音樂課我也不想唱歌了。」

「原來是這個心理陰影……我能理解，咳，畢竟當時你還很小……」

「不要以為你在偷笑我感覺不出來，John。」嚴歡陰陰道，「對於小孩子來說，那真的是很恐怖的三天。我至今都不敢和年長的女人單獨相處。」

「歡，你現在還是不想唱歌？」

嚴歡搖搖頭，「這倒沒有，只是一直沒必要去唱。」

「我覺得這個悲慘往事最起碼證明了一點，當年你唱得肯定很不錯，說不定正適合擔當主唱。」John正色道，「很多小事，往往能預言這個人往後一生的命運。」

「那都是小學時候的事情了，而且唱的只是音樂課本上的兒歌。」

「這你就錯了，茉莉花最初被寫出來的時候可不是什麼課本兒歌。而且所有的音樂都一樣，無論是搖滾還是古典，都是為了讓人抒發情感才被創造出來的。我真的希望你可以試一試。」

「你認為我可以？」

「百分之百。」

「……好吧，那就試試。但是我不知道自己該唱什麼。」

「就從你最近練的曲子裡面選，先挑一首節奏慢的。」

第二天，全市新秀樂團比賽現場。

于成功他們幾個早就到了，這次一向早到的嚴歡竟然最後才抵達，讓大家等了一段時間。

嚴歡趕來的時候，帶著一臉歉意，「抱歉，于哥！昨天我太晚睡，今天早上就有點爬不起來！」

「沒事沒事，原來是睡過頭了啊，還以為你不來了呢。欸，你喉嚨是怎麼回事？」于成功疑惑道，嚴歡的嗓音明顯有些沙啞。

「可能是沒睡飽吧。」

嚴歡只能笑著敷衍過去，他怎麼能告訴于成功他們，自己是因為被 John 抓著唱了一整晚的歌才遲到，喉嚨都快冒煙了。

去。

「來了就好，走吧！馬上就到比賽時間了。」于成功招呼他，一行人向前走

這一次市里辦的新秀樂團比賽，舉辦地點在新行政區的一座體育中心。

這座設施分成ABCD四區，比賽地點在C區，一個不大不小的場地。

嚴歡跟著于成功他們走進C區，才有一種自己來到了搖滾樂團比賽現場的感覺。看著那一個個或打扮另類、或裝扮暴露的潮男潮女，不由得讓人感嘆玩搖滾的人還真是都走在特立獨行的時尚最尖端。

雖然部分的時尚也有一點太過極端就是了。嚴歡親眼看著一個男人頂著一頭幾乎快要竄上天的龐克頭從自己面前路過，還有一些人臉上戴著詭異的面具，穿得一身黑，掛著骷髏耳環、鼻環之類的飾品。

聽John說，基本上可以從玩搖滾的人的穿著，分辨出對方究竟玩的是哪一種類型的搖滾。

像是玩死亡金屬的人，基本特徵就是長髮黑衣，外加紋身和特殊圖案。John也說，很多搖滾樂手都有崇拜撒旦的傾向，但也有很多人是為了愛與和平而唱。

說完最後一句話，John見嚴歡笑出聲，不由得嚴肅地說：

「在我們那個時候，玩搖滾樂的同好都有一個共同的目標——反對戰爭、呼籲

平等。這是當年所有人竭盡全力想要做的事情，這有什麼可笑的？」

嚴歡感受到他的認真，笑聲立刻消散，感嘆道：「但是現在玩搖滾的人，可不一定這麼想。」

在這個時代，很多搖滾樂手只是為了名利而唱，或者純粹是為了自己，早就失去了前輩的精神。

「你錯了。」在嚴歡的意識中，John 反駁道，「無論什麼年代，搖滾的精神都不會變。因為玩搖滾的人心裡，都燃燒著一團火。」

那是不屈的火焰，帶著對現實中不公的怒吼和反抗，是發自肺腑的嘶吼。

嚴歡聽著 John 話語裡堅定的意念，不由得對附在身上的這隻老鬼更加好奇起來。在還活著的時候，John 究竟是個怎樣的人物呢？似乎不僅僅是個搖滾樂手那麼簡單。

于成功他們很早就報好名了，現在只要把團名和號碼報給工作人員後，就能直接進入準備區等待。

「今天來的人可真多啊。」于成功看著現場黑壓壓的人頭感慨著。

夜影的這群高中生在參賽者中相當顯眼，只要一眼就能看出他們的稚嫩和生澀。不過于成功完全是初生牛犢不怕虎，興奮地打量著現場，一點緊張感都沒有。

用他的話來說，即使沒拿到什麼名次，有個比賽的經驗也不錯嘛。

工作人過來對眾參賽選手宣布比賽流程，一共分為兩個環節。

第一階段是樂團的自選曲目，由樂團挑選樂曲進行表演。

第二階段是抽籤決定曲目，抽到相同樂曲的樂團分到同一組表演，一組最多三支樂團。

最後評審會根據兩場表演的表現來評分，得分最高的樂團據說會被本市的娛樂公司簽走，有機會飛上枝頭變鳳凰。這一次報名的樂團大多是為了這個目的而來。

這年頭玩樂團不容易，玩地下樂團則更難，很多地下樂團即使在搖滾愛好者和酒吧之間很有名氣，出了這個小圈子卻籍籍無名、無人問津。

只有與娛樂公司簽約出道、成為能出專輯的商業樂團，才真正能讓世人聽到自己的音樂。

因為這個原因，各樂團看向競爭對手的眼神都不帶善意，碰撞著激烈的火花。

于成功他們卻一點也不在意這個，對於還是高中生的這幾人來說，只要有舞台能彈奏自己喜歡的音樂，就是一件非常快樂的事情了。

他們是這麼想的，但別人可未必這麼認為。

一些為了比賽費盡心思準備的人，看到這群悠哉悠哉、像是來校外教學的小朋友就滿肚子火氣。

「夜影樂團？名字是取得不錯。」附近一個金髮男看過來，不屑道，「不過你們幾個可能配不太上吧。」

「想要借夜鷹的名氣，也不掂掂自己有沒有那個懶趴，小鬼！」

「夜鷹要是知道有小屁孩好意思取這麼山寨的名字，會噁心死吧！」

嚴歡冷眼旁觀，看著這些人肆意地取笑奚落。他知道在這裡沒有人會因為你的年紀小而謙讓你，只有憑實力，說出來的話才會有人聽。

所以即使心有不忿，嚴歡也只能忍耐，盡力克制自己不去理會那些人的挑釁。

「算了，算了，別理他們。」出乎意料的是，一向脾氣暴躁的于成功竟然也能忍耐下來，而且還主動安慰氣憤的同伴。

「讓他們笑吧，只要我們用實力擊垮他們，就是他們自己打自己的臉了。」

旁邊有人聽到這句話，臉色難看。

「小鬼！你說什麼呢！」

那人揮舞著衣袖，看起來就要衝過來痛毆他們一頓。玩搖滾的人之中，暴力分子可是一點都不少。

「說什麼？」嚴歡抬頭看向他，語氣冷漠，「我們的意思是，如果你想在這裡就失去比賽資格，就繼續鬧事好了。」

在不遠處巡場的工作人員已經注意到了這邊的騷動，正頻頻向這裡看過來。

「哼！」對方拉下衣袖，放下狠話道，「小子，比完賽後給我等著！」

「嚴歡！」于成功連忙把嚴歡拉過來，「你別去惹那些人。」

「我沒有惹，只是告訴他事實而已。」

「我知道，可是他們那種人一看就不好惹，而且很容易記仇……」

于成功繼續說著，嚴歡的臉色一冷，以為他要責怪自己惹事。誰知道于成功接下來竟然道：「我們幾個本來就是藝術班的，惹上麻煩就算了。但是你這個普通班的要是也被那些混混盯上了，之後還怎麼考大學？以後這種事你別淌渾水了，交給我們出面就好。」

嚴歡愣住了，其他幾個人也連連附和。

「是啊，是啊，我們幾個打起架來也是不輸人的，別小看我們啊！」

「怎麼能讓那種人對我們可愛的新團員動手，叔能忍，嬸不能忍啊。」

嚴歡噗嗤一聲笑出來，他看著這些毛躁卻講義氣的夜影成員，心裡湧過一陣暖流。

「于哥，這種事我可不能答應你。」他道，「我也是夜影的一員，怎麼可以只躲在你們後面？我又不是小女生。」

于成功哈哈大笑，「別說，嚴歡你長得比小女生還好看！不是妹子卻勝似妹子啊！」

一伙人在嚴歡的微惱中笑得開懷，之前的不如意似乎就這樣被他們忘在腦後。

比賽很快就開始了，按照各樂團報名時拿到的號碼牌，一團團依序上場。

嚴歡他們在準備區緊張地備戰的時候，也能聽到外面舞臺上傳來的激昂樂聲，還有觀眾時不時的叫好聲。

外面一直很熱鬧，有主唱唱到嗨的時候對著麥克風嘶啞地怒吼，也有吉他手滑弦，彈出一段令觀眾狂呼的炫炮旋律！

這種火熱的現場氣氛似乎也感染了夜影的成員，本來不知道緊張為何物的毛頭小子們，此時臉色都緊張得發白。尤其是于成功，一向膽大的他正不停在原地轉來轉去，嘴裡念念有詞。

嚴歡看著好笑，想要幫大家集氣，但是又不知道該說什麼。這一次比賽他沒有上場，嚴歡想著，要是自己也得上臺演出的話，恐怕不會比他們放鬆到哪裡去。

登臺表演，這是每個樂手最接近夢想的時刻。

John 此時也感嘆道：「看他們這副模樣，讓我也想起了當初自己的第一次正式表演。」

「你也出糗了嗎？」嚴歡好奇。

「不，一切都很完美，因為有我在。」

聽著 John 這句有些臭屁又自戀的話，嚴歡還真不知道該說什麼好。這隻英國老鬼雖然平時都很沉穩，但是一牽扯到他熱愛的搖滾樂，偶爾會十分小孩子氣。

比如執著、不認輸，自認天下第一。難道天底下所有的搖滾樂手都像這樣？

「二十三號！二十三號準備，下一個登臺。」

場記的工作人員對著準備區大吼一聲，于成功幾人渾身一震，二十三號就是他們。

這群剛剛開始自己的音樂之路的小屁孩，就要第一次登上舞臺了。

「嚴歡，怎麼辦？我現在心跳得好快，簡直就像要和我的暗戀對象滾床單了！」于成功抓著嚴歡的手哀號。

嚴歡心裡暗暗吐槽他的比喻，還是想辦法安慰道：「于哥，你要想，抓住了這次機會就等於是和心愛的妹子睡了！一定要加油啊！」

「嗯嗯……睡睡……加油……」于成功有些魔障地重複著。

嚴歡暗笑，又有些擔心他的狀況。

「于成功！這是你的第一次表演，一生只有一次！比你的處男之身重要一百倍！要是這次失敗了就等於一輩子陽痿，你明白嗎！」

聽見一輩子陽痿，于成功一顫，猛然驚醒過來。

「我會努力的！我不想一輩子陽痿嗚嗚……」

「對我說有什麼用，看你自己的了。」

這時候工作人員又過來催臺：「二十三號，二十三號呢？準備上場！」

「喔喔！在、在這裡。」

看著于成功他們跌跌撞撞地跑過去，嚴歡也緊張到不行。他悄悄握緊拳，在心中喊了無數聲加油。

外面是主持人的介紹聲，對觀眾報上夜影的參賽曲目。

嚴歡等了片刻，終於聽見于成功他們開始彈奏。說實話，論實力的確不如之前的幾支樂團，但是在嚴歡心中他們卻是最好的一支。他甚至私心地希望，臺下的評審們也能像他一樣這麼認為。

一開始的旋律彈奏得還可以，雖然技巧普通，但勝在沒有失誤。要知道前面有幾支樂團甚至有人因為過度緊張而彈錯。然而，嚴歡還來不及放下心，耳中捕捉到的一個細微的叮聲，立刻把他打傻了。

在激烈的彈奏中，這細微的聲音完全不起眼。但嚴歡就像是在一群白羊中發現了黑羊，立刻抓住了這個異響。

這是斷弦的聲音，誰的吉他弦竟然在這個時候斷了？

再聽幾秒，嚴歡立刻判斷出是于成功的電吉他弦斷了，竟然在這個時候！

于成功本人顯然更加緊張，此時的他不僅彈奏出了問題，甚至連主唱的工作都一併失誤了，原本還尚可的歌聲因為他的顫抖而變得慘不忍睹。

嚴歡甚至都能聽見臺下的觀眾中有人發出噓聲。他能聽見，于成功他們自然只會聽得更清楚。可以預想到，對這群懷抱夢想初登舞臺的年輕人而言，這是多沉重的打擊。

下場的時候嚴歡跑過去接他們。看著于成功蒼白的臉色，他幾次張了張嘴，卻不知道該說什麼好。

是說再接再厲，以後還有機會？還是安慰他們這不過是一場比賽，沒什麼大不了？

他相信無論自己說什麼，都無法安慰于成功他們此刻的失落。對於懷抱遠大夢想、剛剛開始展翅飛翔的少年來說，失敗的痛苦是慘痛的，令人絕望的。刻骨銘心。

更落井下石的是，這個時候還有人在一旁冷嘲熱諷。

「我就說，小屁孩組成的樂團能有什麼實力？」還是剛才挑釁的那個金髮男，他瞥著幾人嘲諷道，「還是回家洗洗睡，抱著媽咪喝奶去吧，小鬼！哈哈！」

看著那人囂張地走遠，這一次卻沒有人再出聲。嚴歡也想反駁，但他更在乎于成功他們此刻的心情。這時候無論對挑釁的人說什麼，都只是在他們的傷口上撒更多鹽而已。

「哈哈……嚴歡。」一直沒有出聲的于成功突然傻笑出來，「我是有點難過，但是還不至於絕望啦，你不用擔心到臉都變成這樣好嗎？

「不就是失敗嗎，誰沒有過？不是都說失敗是成功之母！呸，我媽才不是這鬼東西。」想起自己的名字，于成功有些尷尬地笑了，「總之我的意思就是，這次失敗了，我們也能接受。就像別人說的，我們還太自不量力了，這個舞臺對我們來說還太早。還是回去……」

「不早。」嚴歡突然打斷他，「對任何人來說，上舞臺都不會嫌早。很多知名樂手在十三四歲的時候就登臺表演了，于成功，你比那些人還大幾歲，怎麼對自己一點自信都沒有？」

于成功苦笑，「不是我沒自信，而是和其他人一比，我才發現我們真的還不行。而且你也說了，那些十三四歲登臺的都是知名樂手，而我于成功是什麼？什麼都不是。」

「再出名的樂手在登臺前，也都只是個小鬼頭，死了以後，也都只是一縷幽魂。」嚴歡道，「我不認為他們和我們有什麼區別。不過如果你這次就打算這麼放棄了，你一輩子都不會爬到他們那個高度。因為他們從來不放棄，而你只不過是一次失敗，就自暴自棄。

「幾十年前的那些搖滾歌手，是抱著信仰玩搖滾，而現在的我們只是為了玩樂而搖滾，信念上就已經輸給那些老傢伙了，難道你想在毅力上也輸給那些已經作古的骨灰嗎？」

John在嚴歡的意識裡嚴正抗議自己不是幽靈，也不是骨灰，嚴歡把他的反駁當耳邊風。

于成功盯著嚴歡看了好久，突然笑出聲來。

「我還真看不懂你，嚴歡。剛認識你的時候，我以為你只是個傻子。後來發現你不僅對搖滾有熱愛，還有膽識有心眼；現在又發現之前那些都不算瞭解你。說出這番話的你才是真正的你嗎，嚴歡？」

「哪個都是我，你繼續慢慢瞭解下去也不算晚。」嚴歡道。

「怎麼？現在不叫我于哥了？」于成功調笑，「啊！多懷念從前的那個可愛的小鬼啊，成天跟在我後面于哥長於哥短的。」

「我不叫失敗者哥，等你這次再站起來了，我再喊你于哥吧。」嚴歡也笑，「不是還有一次機會嗎？把握時間練習吧。」

「當然！」于成功和他擊掌，兩人相視而笑，眼中滿是歡樂與熱血。

那是遇到志同道合的伙伴的歡樂，能與伙伴心意相通的熱血。

十分鐘後，第二場的抽籤結果公布。

于成功哭喪著臉對嚴歡說：「怎、怎麼辦？這次完了，絕對完了！」

他扯著嚴歡的袖子，「竟然抽到了英文歌！我的英文爛得跟鬼一樣，這要我怎麼唱啊？死定了！」

嚴歡不耐煩看他的傻樣，「比賽的指定曲目有三分之一都是英文歌，你之前不知道？」

「知道啊，可是我英文不好，就指望運氣好說不定能抽到那剩下的三分之二……」于成功蹲在地上畫圈圈，「誰知道今天手氣這麼不好。」

「好了。」嚴歡一把將他拉起來，「吉他修好了嗎？還能彈嗎？」

「嗯，主辦那邊有專業的修理師，他們剛剛已經把我的吉他修好了，還順便調了音。」于成功抱著電吉他一臉幸福道。

「那不就沒事了，還有什麼問題？」

「問題可多了！」于成功瞪大眼睛，不可思議地看著他。

「哦？」嚴歡雙手抱胸，「有什麼問題？是你不會彈這首曲子？」

「靠靠靠靠！別小看我，這種神曲只要是玩樂團的人都會彈好不好！」于成功鄙視道。

他們抽中的這首曲子的確是經典名曲，《In The End》是世紀超級樂團聯合公園的代表作之一。對於所有的搖滾迷來說，都是耳熟能詳的一首歌。

「好吧，你會彈，而且吉他都修好了，那還有什麼問題？」

「問題大了！」于成功手指著自己的鼻尖，「問題是這首是英文歌！而大爺我的英文，只會 How are you I'm fine thank you！我怎麼上臺唱？」

「這的確是個問題。」嚴歡故意皺著眉問，「不知道現在還能不能臨時加團員？」

「當然不能……等等，你是什麼意思?!」于成功眼前一亮，眼巴巴地看著嚴歡，背後好像還有大尾巴在一甩一甩。

「不能加團員啊。」嚴歡故作哀愁道，「那就算了，當我沒說。」

于成功急了，連忙道：「別啊！別啊！我說不能加團員，又沒說你不能上場！嚴歡，你剛才的意思是你能上吧？你會唱這首歌？」

「我會，剛好之前練過了。」嚴歡有一半沒說實話。

其實他不是之前練的，而是昨晚上才被 John 抓著狠狠惡補學會的。

「那太好了！幸虧我之前報名參賽的時候就把你的名字寫進名單了！完全沒有問題啊，嚴歡你直接上場吧！」

看著于成功一副傾心相信的表情，嚴歡忍不住提醒：

「你就這麼相信我？你就不擔心其實我也是個五音不全的，上去只會更丟我們的臉？」

「嚴歡！兄弟！」于成功大力地拍了拍他的肩膀，「衝著你這句『我們』，我就相信你！」

嚴歡直直地看著他，過了好久，才緩緩抬起嘴角，笑道：「我不會讓你們失望的。」

John也看著這群青春洋溢的少年，悄悄地笑了。搖滾樂，多好啊。

和嚴歡他們分組一起抽到這首歌的還有另外兩支樂團，巧合的是，其中一團的主唱就是之前嘲笑他們的金髮男。

發現這種巧合後，那個金髮男顯然也沒有放過這個可以肆意嘲笑他們的機會。

只不過這一次，嚴歡他們卻沒有人再理他了。他一個人在那裡上躥下跳，活像個魯蛇。一段時間後，那個金髮男自己也意識到這樣很無聊，冷冷哼了一聲，狠狠瞥了嚴歡他們一眼後也就沒有再出聲。

由於時間緊迫，于成功他們只來得及排練好曲子，甚至都沒有時間和嚴歡這個主唱練習配合。這也是主辦的立意，這種安排本來就是為了測試樂手的真正實力。

好不容易輪到嚴歡他們這一組，三支樂團一起登臺，然後按照順序表演，夜影不知是幸運還是不幸地又抽到了最後一個出場。

若是拋磚引玉，最後一個登臺的無疑能一鳴驚人。

若有珠玉在前，最後一個登場的無疑是壓力最大。

就在這樣不知好壞的情況下，嚴歡他們，出場了。

深吸一口氣，一步步踏上舞臺，每踩下一級臺階，就像踩下一個琴鍵。

嚴歡彷彿聽見音樂在自己的腦海內奏響，一聲一聲，曲調響起。

燦爛而奪目的舞臺在他眼前展開，臺下無數燈光閃耀，震天的歡呼聲，人們瘋狂地吶喊，瘋狂地叫著他的名字。

睜開眼，腦中的幻想退去。出現在嚴歡眼前的是一座比想像中要小得多的舞臺。

沒有那麼耀眼，沒有那麼多歡呼，有的只是不帶熱度的目光，以及冰冷的審視——這就是他即將表演的第一個舞臺。

嚴歡笑了，覺得心裡都快滴出汗來。他終於明白了于成功他們表演時的那種緊張。

因為在意，所以緊張；因為想要獲得認可，所以緊張；因為想要聽見歡呼，所以緊張。

更因為想要證明自己，所以興奮不已！

周圍的人聲和音樂彷彿全數從腦海裡消失，他能聽見的只有自己「嘭嘭嘭嘭」的心跳，一聲又一聲，激烈而熱切。

「嚴歡！」

于成功的一聲呼喚把他喊醒，嚴歡回過神來，這才發現這時候前面兩支樂團都已經表演完，現在輪到他們了。

「你緊張嗎？」于成功看著他臉色，擔心地問。

「不。」嚴歡輕輕回了一聲，沒幾秒，又重重答了一聲：「不！」

這是屬於他的舞臺，怎麼會緊張！

第三支樂團即將開始表演。

臺下的觀眾們此時都有些興致缺缺，有的甚至開始打起哈欠。不僅是他們，就連專業的評審們此時都有些分心。這是出場排在中間靠後的一個小組，在此之前他們已經聽了不少樂團的表演。

就算這一組表演的是不同的樂曲，但是經過剛剛兩支樂團的演出後，觀眾和評審對這首歌曲已經沒有了最初的期待，他們甚至都有些意興闌珊。

第三支樂團的登臺，是處在極其不利的情況下。

伴隨著主辦提供的鋼琴協奏，前奏驟然響起！

觀眾們提起了一些興致，評審們卻暗自皺眉。這支夜影樂團的彈奏實力實在是說不上多好。一旁主辦提供的鋼琴伴奏，甚至都快壓過樂團本身的主吉他的風采。

正在此時，主唱的少年上前一步，輕輕握住麥克風，啟唇。

聲音帶著些微的沙啞，和細細的沉澱。像是一個迷惘無助的人，對著世界道出自己的第一聲疑問。

節奏轉變，音樂漸漸進入高潮，主唱的聲音也從一開始的沉緩步入激昂。

「I tried so hard and got so far

我那麼努力 那麼堅持

But in the end, it doesn't even matter

可是到最後 卻無濟於事

I had to fall to lose it all

我跌入谷底 失去一切

But in the end, it doesn't even matter

然而到最後 卻微不足道……」

一個走投無路的人，質問著，拷問著，嘶吼著，吶喊著，為什麼付出卻得不到結果，為什麼努力卻沒有回報！為什麼全心相戀的人，卻要拋棄自己離去！

為什麼這個世界是這副模樣！

隨著主唱聲嘶力竭地唱喊，臺下的觀眾似乎為之震懾。

他們的心臟「怦怦」跳動，他們也張嘴欲言，像是要一同質問這世界，也拷問自己！

他們的眼中迸射出光芒，他們揮舞著雙手，像是反抗的鬥士般緊緊盯著臺上的主唱，喊出心裡的歌詞。

樂聲又漸漸低緩。

「I've put my trust in you

我把信任都託付於你

Pushed as far as I can go

我盡心竭力

For all this

付出這一切

There's only one thing you should know

只希望你能知道這件事……」

對情人的最後一聲挽留，帶著深深的懷念與摯戀，希望戀人願意回頭，希望一切可以重來。

曲調猛地激昂變換，還是與前一秒相同的歌詞，然而這一次卻是嘶吼著唱出，憤怒於始終不願意回首的戀人，憤怒於自己得到卻又失去的一切，憤怒於自己從未得到卻也失去的一切。

噔噔噔噔，噔噔噔噔——

噔噔噔噔，噔噔噔噔——

鋼琴單鍵的迴圈，音樂呈現出一個不斷拷問自己又不斷質問世界、孤獨又彷徨的人。

歌聲從心底而出，傳進聆聽者的心裡，每個人都看到了那彷徨者的無助和傷心。

最後，是無聲的自述。

在狠狠地、用盡一切地道出終末一聲後，彷徨地放棄了期待，一切落幕。

——In The End

直到主唱鞠了一躬放下麥克風，臺下還有人沒有回過神來。好像過了很久，又好像只有幾秒，貫徹耳膜的喝彩掀翻了屋頂。

觀眾們臉色通紅，拚命揚著脖子，對臺上表演的樂團歡呼！

所有人，所有人，幾乎是所有人都在為他們喝彩。不是鼓掌，而是粗魯的口哨聲和大聲的吆喝！但這些卻是搖滾迷獻給樂團的最高讚美，他們赤忱的、毫無做作的稱讚！

于成功一行人愣在臺上，看著放下麥克風從舞臺前端走回來的嚴歡，彷彿自己從來就不認識這個人。

看到沒有人說話，嚴歡有些不安，「我沒有讓你們失望吧？」

于成功一愣，接著狠狠地拍在他的肩膀上，「沒有！小子，誰敢對你失望，我就把他揍得老媽都認不出來！你簡直是太完美了！」

嚴歡有些窘迫地笑了，隨後，主持人便把他們請下臺，還有另一組的樂團需要表演。

燈光和掌聲都在身後，歡呼聲就在身後。

剛才他放開一切、盡情表演的舞臺，就在身後。

嚴歡深吸一口氣，悄悄擦去手中的冷汗。邁步，向臺下的那一片黑暗走去。離開了璀璨奪目的舞臺後，迎接樂手們的是臺下的沉寂與安靜。

嚴歡第一次的登臺演出，就此結束。

回到臺下後，剛從興奮中回過神來的于成功拚命揉著嚴歡的腦袋。

「好小子！什麼時候藏了這一手，為什麼不告訴我們！」于成功又羞又惱道，「給我說實話，昨天去 KTV 聽我們唱歌的時候，你心裡其實是笑死了吧！是不是啊？你這混小子！」

被七八隻手一起蹂躪著，嚴歡連連求饒。最後在發誓自己絕對沒有嘲笑過于成功他們的歌聲後，才被放了一條生路。

于成功咳嗽一聲，正色道：「說認真的，你這麼會唱，為什麼之前不告訴我們？是不是不把我們當兄弟？」

看著他那嚴肅的臉色，嚴歡也知道不好再用假話唬過去了，只能承認道：

「其實我也不知道我能唱，是昨晚從 KTV 回去後一時興起，現學了一些。」

「昨晚?!現學！」于成功不敢置信，「你別告訴我，你是昨晚才學唱這首歌！」

嚴歡無辜地點了點頭。

「那、那你今天早上來這麼晚，是因為昨天沒睡好？」

「其實一夜沒睡。」

「那喉嚨呢？」

「唱了一整晚，啞了。」

于成功目瞪口呆地看著他，「你簡直是個瘋子！」

嚴歡無奈，心裡暗道，瘋的不是我，是John！

這隻老鬼昨晚聽完嚴歡唱了幾首歌後，就一直逼著他繼續唱，直接唱了通宵。最後他還很殘酷地對嚴歡說，比起你的歌喉，你的吉他技巧實在只是渣渣，不如放棄吉他算了。

氣得嚴歡差點沒有一腳踹飛他——其實他很想，但是踹不到。

「總之多虧了你，我們才沒有丟臉到最後。要不然我實在是沒有臉從那個舞臺上走下來。」于成功道，「等等比賽之後我請客，請你吃頓大餐！對了，要不以後我們樂團的主唱就由你來擔當，如何？」

「不要。」嚴歡一口拒絕，「比起主唱，我還是更喜歡主吉他手的位置。」

于成功哈哈一笑，上去勒著他的脖子，「臭小子！竟然敢覬覦我的地位，野心不小嘛！」

「沒有野心的樂手，不是好樂手。」

不想當樂團主奏吉他的吉他手，也不是好吉他手！自從嘗試過電吉他多變的音律後，嚴歡就一直念念不忘成為一名主吉他手。能夠在舞臺上彈出一手令人心顫的旋律，才是他最大的目標。

不過，嚴歡瞇著眼想了想，覺得今天這種以歌聲來掌控舞臺的滋味似乎也不錯。

「你是個控制欲望很強的人。」John在意識中評價道，「這樣的性格很適合擔當主奏吉他，可惜……」他接下去想說可惜什麼，嚴歡已經麻木到不想聽了。反正到目前為止也沒聽John表揚過哪個吉他手。

不對，還是有一個人的！嚴歡驀然想起那個夜鷹樂團的吉他手，隨即又不免連帶地想到了某些事情，臉色變得難看起來。只有技巧好的吉他手，彈得再好有什麼用。不過像那種知名樂團的吉他手，一定沒有他們這種小人物的煩惱。

嚴歡看著周圍的夜影成員，這群模仿夜鷹的名字、第一次登臺表演就出了意外的年輕人，此時臉上卻全是無憂的笑容和活力。他突然想，有煩惱也未必是一件壞事。反正他們還年輕，有無數的時間去揮霍。那就盡情揮霍吧！

看完所有參賽樂團的表演後，評審們有半小時的時間做出最終評分。在這期間，他們會結合各樂團兩個階段的表演分別評價，甚至還要根據各別樂手的技巧做出評分。

本該是熱火朝天討論的場合，現在卻一片詭異的沉默。

突然，有人出聲：「我不同意！這支樂團的演奏根本不過關，不應該是這個名次。」

有人附和，有人反對，問題一直糾結不下。

所有評審現在正為了一支樂團的排名而猶豫不決。

「但是根據現場的觀眾反應，他們是迴響最好的一支樂團，考慮到這些……」

「那是因為後來那個主唱，而不是樂團本身。」有人道，「而且還是一群連高中都還沒畢業的小孩，應該把他們踢回去多鍛煉鍛煉，免得一下子就飄起來。」

這句話贏得了大部分人的同意，夜影的名次就這樣一錘定音。

結束討論前，有人突然說了一句：

「我覺得那首《In The End》，唱得真的滿不錯。」

沒有指名道姓，但所有評審都知道他說的是誰。

那個一鳴驚人，以一首《In The End》奪去了所有人注意力的夜影主唱——嚴歡。

他有一副好歌喉，可以唱給世界聽。

03

#Pray it out

奔跑

「那麼，這一次新秀樂團比賽的最終排名。」

舞臺上，主持人拿著單子大聲念出：「獲得第一名的，是——」

「嚴歡！」

「嚴歡，醒醒！」

被人搖晃著弄醒，嚴歡眼神迷糊，這才發覺自己剛剛是在做夢。

新秀比賽已經過去一週了，夜影最後拿到一個不上不下的名次。那天因為于成功請吃飯而晚回家，他還被那個老爸痛揍了一頓。怎麼現在又夢到了那時候的事情？

「嚴歡，你最近怎麼都一副沒睡飽的樣子？」李波一臉奇怪，「不會是和于成功那群人混到什麼深夜場所去了吧？」

「別亂講。」嚴歡皺眉，「他們沒帶我去哪。」

「那你怎麼整天沒精神，看起來都快精盡人亡了。」

「……」

嚴歡無言，他也不知道該怎麼解釋，但絕對不是李波這混蛋說的什麼精盡人亡。

只是從那次比賽結束後，就好像一直提不起什麼勁，做什麼都沒有興致。唯一有精神的時候，就是晚上跟著 John 學吉他的那半個小時。

「**這是上癮了。**」意識裡，John 頗為欣慰地說，「**你也終於到這個階段了。**」

「上癮？」嚴歡默念。學吉他玩搖滾也有上癮這回事嗎？

「上癮！」李波聽他的喃喃自語，卻緊張到不行。

連忙把嚴歡拉到一個無人的角落，對著他的耳朵悄悄道：「喂，你不是在偷偷做什麼不好的事情吧？你去溜冰了？」

「溜冰？」嚴歡一臉問好。

「就是、就是那個啊。」

李波比了幾個奇怪的動作，嚴歡恍然大悟，頓時氣惱道：「你說吸毒？我怎麼會去做這種事！」

「噓，噓！小聲點。」李波見他的臉色難看，賠笑道，「我當然知道你不是這種人。可是聽我爸和其他叔叔說，混酒吧玩樂團的人，都有喜歡吸上幾口的。我這不是怕你也被帶壞了嗎？」

嚴歡不爽了，覺得李波是在侮辱他喜歡的搖滾。對他來說，搖滾是一種嶄新的、美好的事物，能夠讓他從壓抑的現實中解放的精神寄託。他不喜歡有人隨意踐踏自己的信仰。

於是他問John，想找幾個例子來反駁李波。

「John，這小子說玩搖滾的人都愛吸毒，這是歧視吧？」

「……」

「John？」

「我認識的樂手，的確有很多人死於毒品。」John以一種難以言述的語氣道，「我只希望你以後永遠也不要碰它。」

嚴歡一愣，好像被人當頭打了一棒！

「我……你的意思是，有很多人？」

「我說過，最開始的時候外界把我們稱為荼毒青年的毒品。這不僅僅因為搖滾樂特立獨行的風格，還有很多樂手的確一直都在吸毒。」

毒品，濫交，暴力。這是搖滾身上抹不去的一道陰影。

愛上搖滾的青年大多對生活有很多不滿，或者長期處於某種壓抑之中，他們會染上一兩種惡習似乎是再正常不過的事情。嚴歡本來不應該這麼驚訝，因為他在一開始的時候也是這麼看待搖滾的。

但是，現在不一樣了！

他已經徹底愛上了這個能振奮靈魂的音樂，這個能喚醒他的音樂！現在聽到

John親口承認搖滾爭議的一面，對他來說是一個很大的打擊。就像是看到心愛的女生原來沒有那麼清純美好，其實只是個人人可上的公車！

「嚴歡！」John看出他的動搖，厲聲道，「我想讓你明白，搖滾本來就不那麼乾淨，但是它也從來不骯髒！

「它不是徹底的白，但也不是徹底的黑。

「你要學會接受它的所有。記住，你的音樂只屬於你自己，而不是那些毒品或別的什麼！」

John的呵斥讓嚴歡清醒過來。

他想起自己第一次聽到John的彈奏，那時候他還不清楚什麼是搖滾，什麼是樂團。他記得的，只有那支流入心底的曲子。

這就是屬於他的搖滾，屬於他的音樂。無論這世上擁有著無數面貌的搖滾究竟是哪一副模樣，他只要記得自己心中的歌聲就可以了。

「我明白，John。」他說，「或許有樂手會吸毒或做別的什麼，但是我和他們不一樣，我不會去做那些。我清楚自己的音樂是什麼模樣。」

John笑了，「要一直記得。」

「嗯。」

在他們一人一鬼在腦內交流的時候，李波可是被晾在了旁邊，見嚴歡一直沒有出聲，有點擔心他是不是打擊太大了。

「喂，嚴歡！在嗎？回神啊！呃，雖然有很多玩搖滾的不是什麼好鳥，但我還是相信你的人品的，你不是會自甘墮落的那種人。所以剛才的話就當我沒說吧。」

「不，你說了。」嚴歡停止腦內交流，直直盯著他，「我聽得清清楚楚。」

李波被他看得心裡發毛，「那、那算我口誤！總之你要明白，我是不會那麼看你的！」

「我很難過。」嚴歡捂著心口，「沒想到你之前竟然會這樣懷疑我。」

「那你說吧，要怎麼樣才能彌補你！」李波豁出去了。

「請我吃校門口的烤肉，我就可以考慮當作沒聽過你剛才那句話。」

嚴歡一口氣道出真實目的，李波含淚認虧。

John：「……」

不過嚴歡敲詐的計畫，卻在放學後夭折了。倒不是李波賴帳，而是他們走出校門的時候嚴歡被一群人盯上了。

那些人一看就不怎麼正派，三五一群守在校門口。

一開始的時候，嚴歡並沒有意識到對方的目標是自己。因為這個年紀的學生，尤其是男高中生經常會在校外惹麻煩。基本上每天放學，都能看到小混混在校門口堵人。對於這種景象，學校和其他學生都已經習以為常。

可就在嚴歡從他們面前走過的時候，卻突然被喊住了。

「喂，就是你！臭小子！怎麼，現在倒想裝烏龜了？」

嚴歡聞聲望去，看見一個有點眼熟的金髮男。那瘦得像竹竿的金髮男晃著腿看他，吊兒郎當道：「小子，還記得你哥我說過的話嗎？遲早會來找你算帳！」

嚴歡花了一秒鐘去想這個人是誰。

「是你。」

他想起來了，這傢伙正是那個在新秀比賽的時候和他們結下樑子的金髮男，當時放過狠話，沒想到真的被他找上門。

金髮男一臉得意洋洋，「是不是怕了？現在跪下來叫聲爺爺，我可以考慮考慮原諒你。」

「叫聲什麼？」

「爺爺啊！」

「乖孫～」嚴歡都為他的智商著急，笑道，「不用跟爺爺客氣。」

「你這混蛋！」惱羞成怒，對著身後一幫人道，「給我上，揍死他！」那群人一哄而上。

「走！」嚴歡大喝一聲，一把將背上的書包扔到其中一人的臉上，對著身後的李波道，「你先跑！」

這件事與李波無關，他不想把無辜的人牽扯進來。

然後他猛地衝向這群人的包圍圈，朝最近那個人的下身狠狠一腳踹了過去，對方躲開了，嚴歡背後卻挨了一記偷襲。他咬緊牙，不顧那些落在身上的拳頭，用手肘狠狠地撞在擋他路的那人腦袋上！

對方痛呼一聲，嚴歡趁機脫離包圍！

「追！」後面的金髮男一伙人氣急敗壞，追了上來。

這時候正值放學高峰，校門口人很多，逃起來不方便。嚴歡為了幫李波爭取時間又耽誤了一下，眼看就要被那群人逮到。這個時候，他恰好看到于成功他們也放學了，該死的，怎麼偏偏在這時候！

「那邊還有幾個，和他是一伙的！」金髮男顯然也看到了。

「于成功！快跑！」嚴歡揚聲大喊，于成功一愣，注意到了這邊的情況。他們幾個顯然經驗豐富，擼起袖子就衝了過來。

「這不是上次比賽遇到的那個死白目嗎！」于成功也認出金髮男了。

「廢話！不是叫你跑嗎？」

「這時候逃跑沒用！」身經百戰的于成功喊道，「而且總不能看著你一個人挨揍吧！」

兩人隔空大喊也就是幾秒鐘的事，追擊的小混混分成兩批朝他們跑去。于成功幾人一邊躲一邊對嚴歡喊話。

「我們分開跑，嚴歡！一定要革命成功，勝利會師啊！」

這傢伙，這時候還不忘搞笑！

嚴歡苦笑一聲，帶著身後幾個甩不掉的尾巴跑向另一頭。冰冷的空氣灌入肺中，刺痛感讓他有種被灼燒的錯覺。

彷彿他並不是在狼狽地逃跑，而是一直以來就跑在這條路上，沒有盡頭的路！

夕陽下，滿頭大汗的少年氣喘吁吁。

一直奔跑，向前。

跑久了，嚴歡漸漸有些體力不支。

而身後那幾個追他的小子不愧是專業打手，體力比他優秀很多。

嚴歡都跑得有些脫力了，他們還是鍥而不捨地追在身後。眼看雙方之間的距離越拉越近，嚴歡心裡有些發急。可不能真的被那些傢伙逮到！

不知道什麼時候跑到了商業區，嚴歡已經顧不得路線和方向，只想趕快找個地方擺脫追兵。

五米外有一家店，店門大開著，看見那熟悉的擺設，嚴歡想也沒想一頭就衝了進去。進門後他就後悔了，這是一家樂器行。他剛才一看到櫥窗的吉他就衝進來了，卻沒有想到進入這種密閉的空間才更難脫身。

他正像一隻無頭蒼蠅般著急地打轉，背後突然伸出一隻手，猛地把他拽進角落。

「誰——唔！」

被用力捂住嘴，嚴歡還來不及掙扎就被拖到櫃檯底下。他暫時安靜下來，明白這人是想要幫自己。

一陣急促的腳步聲傳來。

「怎麼沒人？那小子跑哪裡去了！」

那幾人在店裡環顧一圈，不客氣道：「喂，打工的，剛才有沒有人躲進來？」

嚴歡的心臟急促跳動，他有些後悔，自己不該這麼輕易地相信這個陌生人，如果這傢伙此時出賣了他，那是連跑的時間都沒有。

「有啊。」站在櫃檯前的年輕人指了一指，「你們要找人？剛剛有個人從後門跑出去了。」

「媽的，還有後門！」

「追！」

直到腳步聲漸漸遠去，嚴歡的心跳才慢慢平復下來。剛剛身旁這人回答有的時候，他差點沒忍住驚呼出聲，還好對方不是準備出賣他。

「人已經走遠了，你可以出來了。」

嚴歡有些狼狽地從櫃檯裡面爬出來，「多謝。」

他這時候才有空仔細觀察這個臨時幫了自己的人。長得一般，二十出頭，卻讓嚴歡莫名覺得有些眼熟，好像在什麼地方見過。

「你不記得了？」對方看他困惑的表情，笑道，「上週新秀比賽的時候，我們是同組的。」

嚴歡還是沒有想起來。

「我是你們前面那支樂團的鼓手，向寬。不記得沒關係，現在也可以交個朋友。」向寬對他伸出手，「今天這樣也算是緣分。」

嚴歡很喜歡他的直爽，伸手回握。「嚴歡。抱歉，我一向不是很擅長記人臉。」

「沒關係，我倒是一直記得你。最後一首歌唱得不錯。」向寬笑道，「我的印象很深刻。只是很好奇，為什麼第一首的時候你沒出場？」

「哈哈……」嚴歡不知道該怎麼解釋，自己本來就只是一個候補。

他看了看這家布置得不錯的樂器店，目光在幾把掛在牆上的電吉他上停留了一下。

「這家店是你開的？」

「怎麼可能？」向寬失笑，「我只是在這打工。」

「兼職？」向寬的年齡看起來應該還在上大學。

「不是。」向寬解釋道，「這不是兼職，當然也不算是正職。只是樂團沒有練習的時候，我就會在這裡上班。可以養活自己，也可以用員工折扣買東西。其他時間基本上都在搞樂團的事情。」

「你是職業樂手？」

嚴歡一臉驚訝，這可是他第一次零距離接觸專職的樂手，活的。John 那種作古的老鬼不算。

「職業樂手？」向寬失笑，隨即轉眸想了想，「好像這麼稱呼也沒什麼不對，哈哈，抱歉，我就是想笑……」

嚴歡見他捂著肚子笑得很樂，有些窘迫，又有些不解，「難道我說得不對？」

「不，你說得對，只是我沒想到自己有一天也會被人這麼喊。」向寬抹去眼角笑出來的眼淚，感慨道，「像我們這種隨便玩玩的小樂團，誰會用正經八百的目光看我們呢？久而久之，連我們自己都不記得自己是樂手了。」

「不是樂手那是什麼？」嚴歡追問。

「是什麼？」向寬笑，做了個擊鼓的樣子，「玩搖滾的人啊。」

嚴歡驀地一愣，覺得這句話莫名熟悉。John不是說過類似的話嗎？難道這些樂手都這麼謙虛？

「這不是謙虛。」John在他腦內道，「之所以這麼回答，是因為我們明白自己除了能玩一玩搖滾，其他什麼都不是。」

「那什麼時候才能算樂手？」嚴歡不知不覺把話問了出口。

「當有人真正願意聽我們的音樂的時候。」John這麼回答。

「能站在真正的大舞臺上，表演給所有人看。」向寬道，「那個時候，大概能算是半個樂手吧。其實我也不是很清楚，只是覺得只有把自己的想法和情感通過演奏傳達給其他人，才能算是樂手。」

嚴歡聽著腦內腦外這兩個意外相似的回答，也生出一股鬥志。

「那我就要做一個樂手。」他說，「讓所有人都聽見我的歌。」

向寬一愣，半晌，笑著拍拍他的肩膀。「年輕是件好事。嗯，我相信你可以，真的。」

John只是涼涼道：「你還差得遠呢。」

對於這兩個潑自己冷水的傢伙，嚴歡只能用鼻子呼氣來表示不滿。「我只是定下一個目標，遲早會有那麼一天的，無論它有多麼遠。」

向寬很喜歡這個志向高遠的小屁孩，於是也不打擊他了。他開始和嚴歡聊著一些關於樂團、關於搖滾的其他事。嚴歡聽得津津有味，他從向寬這個稍稍年長的同道中人這裡，聽到了很多以前不清楚的事情。

比如一些搖滾史上的奇聞異事，還有獨立音樂的種種規矩。聽向寬說，地下樂團的樂迷對於流行音樂普遍的鄙視心態，而當紅的流行樂，也不屑這些自娛自樂的小眾音樂。獨立音樂和流行音樂，兩邊彼此看不起，互相挑釁，也算是件頗有趣味的事。

聽了差不多有一個多小時，嚴歡還意猶未盡。不過時間已經不早，該回家了。於是他和向寬約好，下次再到這家店來找他。

「隨時歡迎。」臨走時向寬揮手相送，「不過，下回來的時候表演一次給我聽吧！」

表演？

走遠了，嚴歡還有些迷糊，於是問John：「他想讓我表演什麼？吉他？我的實力還不夠吧，總不會是爵士鼓？」向寬是個鼓手，莫非是突發奇想，想和他這個小菜鳥切磋一局？

「傻小子。」John嘲笑，「這可是你的第一位樂迷，還不趕快銘記這歷史性的一刻。」

「樂、樂迷？」嚴歡呆住，「什麼時候的事，我怎麼不知道？」

「你沒聽他一直提上次比賽時你唱的那首歌？肯定是被你的歌聲迷住了。」

John得意洋洋，「所以我說，你有成為主唱的天賦。」

「我的志向是成為主奏吉他手！」嚴歡憤憤不平，「雖然發展發展唱歌這一方面，似乎也是個不錯的副業。」

「我勸你還是把主副顛倒一下吧，不然沒有前途。」

對於John的冷嘲熱諷，嚴歡只能默默磨牙。不過意外收穫向寬這樣一個朋友兼預備樂迷，也是件令他開心的事情。開心到，嚴歡把今天是因為什麼才被人追趕到向寬店裡的事情完全忘了。

俗話說，樂極生悲。很快，他就會明白這個道理。

第二天，嚴歡剛到學校就被李波拉到角落。

「你昨天沒事吧？」李波神情緊張地看著嚴歡。

「沒有，我沒被他們逮到。」嚴歡上下打量李波，見他身上也沒有挨打的痕跡，才放下心來，「你也跑掉了？速度夠快的啊。」

「可惜，好運的也就我們兩個了。」李波道，「于成功他們可就慘了。」

嚴歡皺起眉頭，「他們受傷了？」

「嘿，要是就這樣就好了。」李波嘖嘖嘆著搖頭，「你不知道，受傷的不是于成功他們，反而是他們把那群混混揍了一頓！還差點出人命！」

嚴歡的太陽穴抽跳了一下，「誰鬧出人命了?!」

「于成功啊！不，也不對。本來是金髮男拿刀想捅他，結果被那小子一把抓住了。兩人爭搶的時候就把那傢伙捅傷了，現在還在醫院呢。」

心跳像擂鼓一般，嚴歡追問：「那于成功他們人呢？」

「出了這種事，誰還敢來學校？」李波搖頭，「聽說那個金髮男挺有背景的，于成功這次可是惹上了個大麻煩。他爸媽準備讓他退學，要送他出國避避風頭。我說嚴歡，你可別再和他們那群人扯在一起了……哎，人呢？」

嚴歡連書包都還沒放下，直接奔向校門口，衝出去的時候警衛都來不及攔。

于成功出事了，他捅傷了人，他要被退學了。很可能，以後就再也見不到他了！

太陽穴突突地跳著，嚴歡頭疼無比。

怎麼會這樣？明明一個禮拜前他們還一起比賽，還笑得那麼開心，還期盼地規畫著樂團的未來。怎麼就一個晚上的時間，這個世界就變了樣呢？

怎麼能這樣呢？

他心裡誕生的夢想，還沒來得及走出一步啊！

John 悄悄嘆息。嚴歡還是太年輕了，年輕到不明白，有時候世界就是那麼殘酷。

它只是輕輕一揮手，就能粉碎你所有的夢。

該死的！

按門鈴許久，沒有人回應。

嚴歡氣得重重一拳打在牆上。不是說要一起發展樂團嗎？昨天逃跑的時候，這小子不是還講幹話說要勝利會師？

怎麼現在，就這樣不見人影了！

嚴歡無力地靠在牆上，翻著手機上剛剛收到的一條簡訊。

嚴歡，這次的事我扛下來了，金髮男的事情你不用再擔心。

好好練吉他，等著你超過我！

我走了，別擔心。

趕來的時候，于成功家裡已經人去樓空。不知道是什麼逼得他們這麼急，一個晚上的時間就舉家搬走了。這麼快的速度，這樣的不留痕跡，彷彿追逐在他們身後的是什麼洪水猛獸。

那個金髮男背後的勢力真的有那麼恐怖嗎？而于成功又是付出了怎樣的代價，才將這些惡果一個人全扛下來。他扛得住嗎？

嚴歡不敢再想像，慢慢地從牆上滑下，抱著頭蹲在牆角。

不知過了多久，日頭正高，他的肚子也發出了「咕咕」的聲音。

「回去吃飯？」

一直默不作聲的 John 出聲詢問。

「不想吃。」嚴歡聲音悶悶的，還是無法接受這個事實。

就在昨天，他還和于成功在同間學校，還開心地結識了向寬，並下定決心要成為一個真正的樂手。而今天，現實狠狠地給了他一擊。

于成功就這麼走了，不回來了。誰能想到昨天的那一揮手，可能就是永別呢？那夜影樂團，也會就這樣解散了嗎？

比起這些煩心事，吃飯算什麼，吃飯有什麼意思，吃吃吃吃，就等著把人餵肥一刀宰了嗎！

嚴歡煩躁地一拳又一拳擊在牆上，感受著那頓頓的痛感，這些疼痛似乎可以緩解心裡的煩悶。

「你不想再練吉他了，就繼續打。」John 冷冷的聲音響起，「打到你的手皮開肉綻，打斷你自己的骨頭。那樣你就永遠不會有煩惱，也沒有機會再去煩惱。你會變成一個毫無本事，還自怨自艾的蠢人。」

John 的話冷酷無情，卻一下子驚醒了嚴歡。

他收回自己的手，這是彈吉他的手，這是他夢想的承載——不能因一時的氣憤而毀壞它。

「John……」嚴歡呢喃，「我只是不服氣。我們明明只是想實現自己的願望，只是想擁有自己的音樂。為什麼會有這麼多阻礙？」

「你想太多了，所有人的人生路上都會有很多阻礙。你才遇到一個而已。」John道，「而且沒有跌跌撞撞、沒有挫折，算什麼搖滾樂？」

John的聲音最後帶了些笑意：「打破那些礙眼的，踢翻那些攔路石，才算是搖滾。」

你屈服嗎？你氣餒嗎？你害怕了？

那麼，便不要來玩搖滾。

這是勇敢之人才敢挑戰的遊戲，這是永不妥協之人發出的吶喊，這是對不公世界的抗議與嘶吼。沒有這份勇氣，就不要踏進這個世界。

嚴歡從牆角站了起來，看了最後一眼簡訊，把手機放回口袋。

「John，我的肚子好像有點餓了。」

他默默地向家走去。

「你說，于成功不在了，夜影樂團也算解散了吧。那我以後不就要自己混了？

「不過我覺得總有一天，還能再和他見面。」

只要他們都還走在這條路上，都還醉心於這魔鬼般的音樂，那麼，終有重逢日。

對著思緒飛遠的嚴歡，John提醒道：「我認為，你應該先想想回去要怎麼解釋今天曠課的事。」

這樣莫名其妙的蹺課，嚴歡回家一定難逃一頓暴揍。

「……John，我還是離家出走算了。」

回到家的嚴歡，不出意外地又被教訓了一頓，他老爸的鐵拳可是越來越重了。

若是以往，挨揍後的嚴歡會默默躲進房間，精神萎靡消沉半天。可是現在，滿臉青腫的他卻坐在房間的床上，有一下沒一下地撥弄著吉他弦。

他想了很多。

自己第一次彈吉他，和于成功他們第一次組樂團，第一次比賽，第一次登臺。許許多多的第一次，他都獻給了搖滾。這音樂已經成了他生命中不可割捨的一部分了，它以這樣深刻的力度在嚴歡身上留下了烙痕。

被金髮男追堵時的狂奔，在樂器行裡偶遇向寬，以及之後猝不及防的一切。像一道濃墨，在心底畫了深深的一筆。

嚴歡閉上眼，似乎還能感受到那天傍晚奔跑時的氣喘吁吁，與向寬交談時的快樂，還有得知于成功離開後的震驚與失落。這就是他的生活。有意外、有驚喜、有挫折，並不美滿，卻是真實的、實實在在的，是他選擇的一條路！

他自己的人生！

手指不受控制地在弦上撥動，嚴歡微閉著眼，彈出一串簡短的曲調。隨即，又是幾道音符躍出。他本人絲毫沒有意識到自己正處在一種玄妙的狀態，直到十分鐘後，John略帶欣喜的聲音驚醒了他。

「恭喜你。」

對於John的道賀，嚴歡一臉問號，「恭喜什麼？」

「你的第一首自創曲，雖然還很粗糙，卻是只屬於你的。」

真正玩樂團愛搖滾的人，都不會一味地跟隨他人的腳步。唱出只屬於自己的歌曲才是一支樂團的靈魂！一支樂團的歌曲創作，不僅能反映他們的風格，有時候更是作曲人精神意志的體現。這就讓這些歌曲在藝術價值背後，又增添了許多其他魅力，一些絕佳的作品，往往能歷經半個世紀而不減風采。

這就是屬於搖滾樂手的音樂，獨一無二的，標誌性的，唯我的。

嚴歡愣了一下，「創作？什麼時候？我還沒準備好啊！」

「這種事情不需要刻意準備，只看氣氛和情緒。」John道，「看你這樣，自己剛剛彈了些什麼完全沒有記下來吧？」

「我只是隨便撥兩下，哪有去記！」嚴歡急了，按John所說，這是他的處女作，怎麼能就這樣彈一遍後就消失無痕了呢？

「哈，我就知道你會這樣。」John笑了，「所以我幫你記了，等等再彈一遍給你聽，不用太感謝我。」

雖然John的語氣很欠扁，但嚴歡還是第一次這麼感謝有隻老鬼附在身上，根本是多功能的樂手必備幽靈啊！

這是屬於他的第一首歌，青澀稚嫩，卻帶著火熱的脈動。

「取個名字吧。」老鬼道。

「還沒有填好歌詞，怎麼取名？」

「照你心裡想的取。」

嚴歡閉上眼，映入腦海中的是微醺的晚霞，奔跑時的狂風，被磨滅而又重新生長出來的鬥志，以及更多的對於未來的期盼。再次睜開眼時，他道：

「就叫《奔跑》。」

在這條一去不回的搖滾之路上，嚴歡決定拚命地奔跑下去，永遠！

就在于成功一家離開的第二天，正如嚴歡預料的，夜影樂團解散了。失去了于成功這個帶頭人，再加上這次的金髮男事件，樂團的其他幾位成員似乎沒有了繼續下去的興致和勇氣。當那些人來找嚴歡，委婉地說出解散樂團的要求時，出乎他們的意料，嚴歡竟然很快就接受了。

「這幾個禮拜我很開心。」嚴歡對著夜影樂團剩下的團員說，「和你們在一起，我知道了什麼才是真正的搖滾，什麼才是真正的樂團。上過舞臺，打過架，做的都是自己想做的事情。我很快樂，謝謝你們。」

「嚴歡，你別這麼說。」其中一個人道，「要不是這次的事情之後，家裡不准我們再玩樂團，我們不會拋下你解散的。你這樣說，我們真的覺得有點對不起你。」

「有什麼好對不起的？你們走了我又不是就沒人要了。」嚴歡眨眨眼，「再去湊一支樂團就好啦，到時候你們可別忌妒啊！」

「你這小子！」

眾人玩玩鬧鬧，一時之間，解散樂團的悲傷與無奈似乎都被沖淡了不少。

站在教室門口，嚴歡看著那幾個人離開的背影，心底深處還是有一些惆悵。這是他第一次加入的樂團！雖然失敗過，雖然沒有出色的技巧，但這最初的激動與熱情，卻是之後的任何事物都無法比擬的。

John感受著嚴歡心中的低落，難得寬慰道：「嚴格說來，這支樂團是屬於于成功，而不是你的。」

「我知道。」

「所以下一次，組一支屬於你自己的樂團。」

「嗯。」嚴歡淡淡地應了聲。

回想著近一個月來的波折，入隊、磨合、比賽，開心愉快、失望與低靡，最後，一切物是人非。

夜影樂團，就此解散。

樂團的組合總是會有摩擦，許多樂團往往要經歷許多次重組，才能真正磨合成功。而許多樂手也往往是流轉了很多樂團，才真正找到屬於自己的伙伴。

學生樂團夜影解散了，那麼他們的偶像，在市內獨立音樂界享有盛名的夜鷹，情況又是如何呢？

夜鷹樂團的名氣越來越大，前來看他們演出的搖滾樂迷也像滾雪球一樣越來越多，一切似乎都蒸蒸日上。

但是隱藏在其下的陰影，卻沒有幾個人看見。

第七次全市音樂節，夜鷹受邀作為壓軸樂團出場，在主舞臺上表演。

然而音樂節當天，他們的主奏吉他手付聲卻沒有出現。

04
#Pray it out
付聲

鈴聲不斷地響起，一陣響過一陣，像催魂一樣。

被扔在床上的手機不僅響鈴，還加上震動，震得床單一顫一顫，但手機的主人卻完全不想理會。

浴室裡的水聲已經響了許久，突然寂靜下來，隨即浴室門被推開，一個披著浴袍的男人走了出來。

半長的黑髮微溼，貼在後頸上，細細的水珠順著髮絲滴落，滑過細長的脖頸，滑過肌理起伏的後背，滑下勁瘦的腰，最後順著那微升的曲線，輕輕一聲，滴落在地。

這是一個充滿性吸引力的男人，有著最乾淨的髮色，最澄澈的雙眼。冷峻尖銳的臉龐，總是能挑動異性的心，雖然他本人毫不在意。

付聲拿起一條毛巾，一邊擦著頭髮，隨手拿起手機翻看。

十幾個未接來電，二十幾條未讀簡訊，基本上都是來自同個人。從中午十二點到晚上八點，幾乎半個小時一通，不曾間斷。

還真有耐心。

付聲唇角微勾，把手機拋在床頭，看都沒有看一眼那些來電與簡訊。

有些事情做便是做了，他不想去挽回，也不可能挽回。

既然決定切斷，那就要斷得徹底。

躺倒在床上，付聲看著頭頂的天花板，心底只覺得一陣煩躁。那些糜爛的聲音和虛假的笑容不斷竄進他腦中，讓他疲憊透頂。

煩，真他媽煩！讓那些煩心事全見鬼去吧！

他玩的是搖滾樂，才不想去當什麼被人玩弄的小丑。

床上的人不再出聲，靜靜躺了有十幾分鐘，屋內只有空調發出的低鳴，人似乎睡著了。

下一秒！

猛地從床上竄起來，付聲一把扯下浴袍，俐落地換了件衣服向外面走去。屋裡實在呆不下去了，出門散散心吧。既然自己這麼不爽，也就找個人來陪自己不爽。

十分鐘後，某間練習室的老闆看見這位突然出現在店裡的吉他手，哭笑不得。

「我說大爺，你知不知道現在有多少人在找你？你跑到我這裡來幹嘛？」

「我知道。」付聲隨便找了張椅子坐下，「就是不想讓他們找到。」

他坐在牆邊的陰影裡，用看不出神色的目光，看著那些進進出出練習室的樂團。

老闆小心翼翼地觀察著他的臉色，說：「有什麼大不了的矛盾，都這麼多年的兄弟了，就不能好好談一談？非得在這次音樂節給他們來這一手？」

「……」付聲吸了一口菸，吐出個圈圈，「我本來就不想去。」

「什麼？」

「那種騙騙傻瓜的狗屁音樂節，我不想去臺上當小丑。」付聲又吸了口菸，收銀臺這邊已經被他弄得煙霧繚繞了，「我的吉他不是彈給那些人聽的。」

老闆看了他半晌，嘆了口氣，「怎麼這麼多年了，你的脾氣還是這麼倔？」

本市的音樂節雖然不怎麼專業，大多都是娛樂公司搞來捧新人的，但是對於夜鷹來說，這一次能登上主舞臺表演，就是他們邁向地上世界的第一步。

從此以後，不用再在這陰暗潮溼的地下獨立音樂世界苦苦掙扎，從此之後，會有更多的人聽到他們的歌。這不是每一個樂手都努力追求的事嗎？

付聲沒說話，但他的態度已經表明了想法。寧願在這見不到光的地下苦苦求生，也不願意爬到上面去做別人的一條狗。出名，大賣，出道？關他屁事。

他只是一個彈吉他的而已。

若是老鬼在此知道付聲心裡的想法，說不定對他的評價又會更高一分。然而在大多數人眼中看來，付聲這種人，就是犯賤。

怎麼不賤？玩音樂的誰不想混出個名堂，混條出路？他倒好，出口就在眼前，自己索性又鑽回地底了。

那些能夠正式出道的樂團，哪一個沒有被公司狠狠重塑一番，哪一個沒有披上一層商業化的外衣？可他付聲就是嫌臭，不願被這些金錢利益束縛，只想玩自己的音樂。

如果只有他一個人倒還好，可是他這次放鴿子的做法還連累了樂團的其他成員。現在，肯定被人恨死了。

老闆一個人想了半天，眼神複雜地看著那邊沉默坐著的付聲，都有些出神。

你說說，你說說，是不是這世上凡是有些天賦的小子，都這麼反骨？哦，尤其還是玩搖滾的，加倍叛逆！

「叔……」

「大叔。」

「老闆大叔！」

耳邊一連三聲叫喚，總算把練習室老闆喚回神來。他渾身一震，回頭去看，只見收銀臺前站著一個有點不耐煩的小鬼。看起來很嫩，不過十六七歲，還穿著學校制服。

「練習室一個小時多少錢？」這小鬼問。

一看就是個口袋沒錢的窮學生，還是一個人來的，老闆興致缺缺地敷衍道：「小間一小時兩百五，大間一小時四百。」

「這麼貴？」學生仔有些受打擊了，「不能便宜點？」

這回輪到老闆差點噴笑出來，他在這裡做生意這麼多年，第一次遇到殺價的。啊，不不，好像也不是第一次，幾年前，好像也有個桀驁不馴的小鬼頭來自己這裡壓價來著。

老闆不動聲色地往付聲那個方向看了一眼，但人家付聲根本就沒注意這邊。

「我們這邊的環境比其他幾家好，又在市中心，小弟，這價錢也夠公道了。你要是沒帶錢，回去和你們樂團的伙伴湊湊再來吧。」

這種沒錢卻一個人跑來的小鬼頭他見過不少，基本上這種玩票性質的學生樂團，是不會出錢到這種練習室排練的。老闆也沒指望小鬼回去問了後會帶著伙伴再過來，純粹就是打發一下。

「我沒樂團，就一個人。」哪知這小鬼卻說，「一個人不能算便宜點嗎？」

「你沒組樂團，剛開始玩？」老闆好奇道，看了眼小鬼身後背著的行頭，高級貨，不像是外行人啊。

「一個禮拜前解散了。」小鬼面無表情道，「我準備重組一支，老闆，你究竟不能算便宜點給我？不行我就走了。」

呦，這口氣，這表情，和當年那個誰誰還真像啊！老闆沒生氣，倒是樂了，「你在組樂團？自己組？」

小鬼點一點頭。

「現在找到幾個人了？」

「就我一個，不過我求精不求多。」

老闆是真的笑出來了，這個不知天高地厚的小毛頭！於是他故意示意身後那角落，指著付聲對小鬼道：「看見那傢伙沒有？絕對是個精品！你要是能招到他，以後你們樂團到我這裡來都不用錢了，還免費提供飲料，怎麼樣？」

小鬼眼前一亮，絲毫沒有注意到老闆是在挖坑，順著他指的方向就看過去。

恰好，付聲也在此時抬頭，兩人四目相對。

靜靜地注視三秒後。

「老闆，這人我不收，你換個人吧。」

「噗——！」這一次是真的把剛喝進嘴的水噴了出來，老闆一邊拍著自己的胸口，一邊哈哈大笑。

「不收？不收！你知不知道他是誰？要是知道這人要重進樂團的話，全市不知道有多少人會排著隊等著他呢。」

那邊付聲已經捻熄了菸，靜等著小鬼怎麼回答。

「我知道他，夜鷹的主奏吉他。我家裡有個老……我有個認識的人就特別欣賞他，他的技巧是好，不過我還是不想組他。」

他看了眼老闆，此時已經看出這人不是真心想和自己談條件了，於是拍拍屁股便要走人。

「等等。」

突然有人出聲喊住他。

付聲從牆邊站了起來，走到這高中生面前，高出半顆頭的身形居高臨下地看著他。

「為什麼不想組我？」

付聲看著眼前這個小孩，十六七歲，只比自己當年踏進門檻時小了一兩歲。

這個年齡正是最自我的時候，他本來以為會聽到什麼諸如我會比你更好、我比你強之類的回答。

誰知道這小屁孩抬頭瞥了他一眼，只說了一句：「因為你沒節操。」

全場寂靜。

付聲覺得自己的眼角都抽搐了一下，這些年他被多少人罵過，是數都數不清了。諸如自傲、臭屁、大牌、冷漠之類的詞，但是沒節操這個新形容，他還是第一次聽見。

然後只聽見這小鬼又道：「雖然我也知道很多搖滾樂手毒品女人隨便搞，都沒什麼節操。但是我不想我的樂團裡有這樣的人，所以你技巧再好我也不會要，就是這樣，再見。」

說完這小鬼就趾高氣昂地準備離開，人都已經跑到大門口了。

可憐的付聲，被人甩了一臉節操，連這小鬼的名字都還不知道。就在此時，屋內某一間練習室的大門打開，一群人嬉笑著走了出來。

其中一個人一眼看見正要離開的小鬼，立刻興奮地大喊了一聲：

「哎！嚴歡，這麼巧，你也來練習啊！」

一溜煙地，被曝光姓名的小鬼跑得不見蹤跡。只留下出聲喊他的那傢伙，疑惑地抓了抓腦袋。

獨自站在原地的付聲突然笑了笑，向出賣了人都不自知的那人走去。

「向寬，你認識剛才那個小鬼？」

「呼，呼。」

一口氣地跑回家，嚴歡心跳如雷。

父母在臥室，聽見他回來的聲音也沒有人出來看一眼，彷彿他不存在一樣。是啊，是啊，他們現在眼裡只有那個即將出生的新生命，哪裡還會分自己一眼呢？

嚴歡不知道是抱怨還是苦澀地笑了一下，飯也不吃，直接推門進了房。本來急促緊張的心情，因為歸家的冷遇，一下子黯淡下來。不過剛才發生的事，有人可還沒忘記。

「歡……」John在腦內長長喊了一聲他的名字，「你真是做了一件蠢事。」

「啊?!你說什麼？」嚴歡有些氣惱，「我什麼時候又惹到你了，大爺！」

「你沒有惹到我，但是惹上了一個更不好解決的人物。」John諷笑道，「你剛才爭一時之氣對那個付聲說出了那些話，你以為他會就這麼放過你？」

「不放過我？我又沒幹嘛，只是說了幾句真心話而已。」

「是啊，可重點是你那幾句真心話，肯定徹徹底底地傷了他的自尊心。哪怕原本他就不可能加入你的樂團，但是被你這種小屁孩當面否定，是誰都會不爽。」

「自尊心值多少錢？」

「自尊心不值錢，但是對於搖滾樂手來說，卻是比命還重要的事。因為挑釁了誰而鬧出命案，以前也不是沒有發生過。當然，更斯文一些的做法是特地寫一首歌諷刺對手，最好讓這首歌廣為流傳，天天嗆人。」

「……John，玩搖滾樂的人還真是小心眼。」

「你不介意把自己也罵進去的話，就繼續這麼說吧。」

嚴歡無語，隨後稍微有些緊張地問：「你的意思是，因為我當面說肯定不會要他，所以他很可能會記仇？那他是會當面報復我，還是斯文一點地報復我？」

不過好像哪一種，對嚴歡而言都不是一件好事。付聲一看就比他壯，打架嚴歡絕對不是對手。而這位出身夜鷹的吉他手如果隨手寫一首歌嗆嚴歡，不說全國，最少在本市的獨立音樂圈內，嚴歡絕對會走到哪被笑到哪。

怎麼想，前途好像一片黯然。

「不至於吧，我也沒怎樣啊。」

「沒怎樣，只是罵了他沒節操而已，你怎麼不說他沒貞操？」

「本來就沒有的東西，說了也沒意思。」

「……」John沉默半晌，在一旁潑冷水道，「你最好祈禱，這個付聲是個不那麼記仇的傢伙。」

之後有很長的一段時間，嚴歡一直不懂為什麼那晚John一直嗆他，過後他才明白，這老鬼也不爽了。所以說自己那句搖滾樂手沒節操的話，原來把老鬼也罵進去了，這傢伙是在記仇呢！嚴歡對月長嘆一聲，玩搖滾樂的果然都愛斤斤計較——他自己除外。

過了幾天，一直平安無事。

不知道是不是嚴歡偷偷祈禱起了作用，還是John只是危言聳聽。那天之後，他沒被人蓋布袋，也沒有聽見圈子裡有什麼新傳出的特殊歌曲。

一切似乎都與平時沒什麼兩樣，嚴歡終於放下了戒心。一連好幾天疑神疑鬼，他的神經需要放鬆一下，索性決定去向寬打工的樂器店找他。

這週六，趁著家裡沒人，嚴歡偷溜到了向寬那裡。

「喂，向寬，在不在？我來找你玩——」玩的尾音還拖在嘴裡，嚴歡看見坐在樂器行正中央的那個人，瞬間轉身，推門，開溜。

「你想去哪？」

一個低低的聲音在極近處響起，嚴歡推了半天發現門推不開，這才發現門被人用一隻手抵住了。

那道低音就響在他耳邊，像是品質極好的大提琴，不過嚴歡此時完全沒有欣賞的心情。

因為這「大提琴」正站在嚴歡身後，把嚴歡夾在門框和他之間。

「不是來找向寬的嗎？為什麼這麼急著走？」付聲頗有興致地逗弄著眼前的小鬼，「嗯？嚴歡。」

聽見自己的名字出現在這傢伙念口中，本人又卡在現在這個處境，嚴歡顫了顫，終於忍不住——大吼出聲。

「向寬你這混蛋！出賣我啊！」

「夠了夠了，阿聲，你就別耍他了。」向寬不知何時出現在兩人身後，把付聲拉開，解救了嚴歡。

隨後他苦著臉對嚴歡道：「我也不想啊，但是這傢伙每天都到這裡來騷擾我，又把我的手機搶走不讓我提醒你，我也沒辦法。」

說完又小聲嘀咕：「誰知道你這傢伙這麼囂張地直接跑出門，也不會在家裡躲兩天。」

聽見這句話，還在整理衣服的嚴歡立刻瞪了面前的兩人一眼。

「躲？為什麼要躲，我有做什麼虧心事嗎？」

付聲聞言瞇眼俯瞰他，「沒做虧心事，嗆人的話卻說了不少。」他言罷，走到一邊的椅子上坐了下來。

「第一次被人以那種理由拒絕入團，我倒是對你滿感興趣的。」

「那種理由？哦，說你沒貞操的那個。」嚴歡脫口而出，說完便發現屋內的氣氛有些不對。付聲詭異地打量著他，就連向寬也瞪大眼看了過來。

他又說了什麼奇怪的話嗎？

「你剛才說的是貞操……」John無奈地在他腦內提醒。

「……」雖然心裡恨不得給自己這張臭嘴打幾巴掌，但嚴歡表面上還是強裝鎮定，「我，咳，其實我也沒說錯吧，到你們這個年紀，有幾個還是處男的？」

「我們這個年紀？」付聲挑了挑眉，「我很老嗎？」

向寬恨鐵不成鋼地看著嚴歡，恨不得上前捂住這小子的嘴，事實上，他也確實那麼做了。不然看嚴歡的樣子，又要和付聲嗆起來了。

「呵呵，童言無忌、童言無忌嘛。付聲，你和一個小孩子計較什麼？」

付聲面無表情地上下打量了嚴歡，最後視線停留在他下半身的某個部位，道：「的確是毛還沒長齊的小鬼。」

這個混蛋！

臉一下子漲得通紅，要不是被向寬死死地從身後抱住，嚴歡都要撲到斜眼看人的付聲身上了。

這傢伙，只不過是吉他技巧稍微好了那麼一點而已，怎麼就跩成這樣呢？要知道天外有天，人外有人，說不定有些人一根手指就能壓扁這囂張的混蛋！

向寬一個沒注意，只顧著拉住嚴歡，忘記捂住他的嘴了。於是心聲一字不漏地從這小鬼嘴裡蹦了出來，蹦完，連嚴歡自己都愣了一下。

「一隻手指就能壓扁？」付聲的手指敲了敲椅子，突然笑了。

那張平日裡不愛笑的臉露出笑容，還真讓人……寒毛直豎。

「那好，就用你的十根手指頭來試試吧。」付聲獰笑著從向寬手裡搶過小鬼，提著他進了店面後方。

嚴歡手腳並用地掙扎，然而不是人家的對手，只能可憐巴巴地向向寬求救。

「付、付聲，你要帶他去哪啊？」向寬著急道。

「沒什麼，切磋切磋。」付聲回，「你別進來多管閒事。」

說完「啪」一聲關上門。

那是一間隔音室，是店主平時測試樂器的地方。付聲把嚴歡帶進那裡，還說要切磋。向寬閉上眼，雙手合十。

「自求多福吧，嚴歡。」

接下來差不多有二十分鐘的時間，樂器行裡一片寂靜，只聽見隔音室內傳出隱約的振動聲響。

這期間一個客人都沒有，向寬時不時偷看隔音室的門，心想連蒼蠅老鼠都被那個緊繃氣氛嚇走了吧。

「啪」——門突然從裡面打開，嚴歡先走了出來。

向寬喜形於色，上上下下打量他。少年完好無缺，看起來沒什麼大礙。

「嚴——」

正準備出聲喊人，嚴歡卻對他視而不見，直直地從他面前走過，臨走時還用力地摔上大門。

「……」向寬愣了好久，隨即，看著在嚴歡之後出來、老神在在的付聲，「你對他做了什麼？」

付聲瞥了他一眼，「切磋。」

「你和那小子來真的了？」向寬一頓，像看怪物一樣看著付聲，「你也不想想他什麼等級，你什麼等級，你那樣不是故意打擊人家嗎！」

「……向寬，那小鬼要是聽見你這句話，才真的會被打擊。」付聲笑了笑，「本來比一次就好，誰叫他死不服輸呢？我只能拿些真本事出來。」

向寬此時完全聽不見他說什麼，只在腦中替可憐的、被玩弄的嚴歡默哀。

「人家還是小孩，就不能留點面子給他嗎？我看嚴歡剛才出去的時候，眼睛都紅了。」

付聲插著口袋，笑了一下。

這一笑，清淺，乾淨，很好看。連一旁的向寬，都有些被晃了眼。

「呵，還知道哭。」

嚴歡絕對不承認自己眼睛泛紅是因為被打擊到流淚，頂多只是被氣紅了眼。然而無論他怎麼掩飾，心中的那份低落卻還是無法掩藏，一回到家就把自己關在房裡，躺在床上發了好一會呆。

他本以為在這裡就可以一個人靜一靜，卻忘了以他現在的情況，無論如何都不可能獨自沉默了——還有一個老鬼如影隨形地跟著。

John不知在嚴歡的意識中安分了多久，冷不防出聲道：

「自尊心不值錢。」

落井下石，沒有比這個詞更能準確地形容老鬼的行為了。把頭悶在枕頭裡的嚴歡僵了僵，隨即抬起頭，翻過身看著天花板。

「這就是現世報吧，John。」

他此時都已經沒有力氣和老鬼嗆聲了。

「我前幾天才說過搖滾樂手都太意氣用事，今天自己就被人狠狠地挫傷了自尊。」嚴歡苦笑，「被人打到塵埃裡，連爬起來的力氣都沒有。」

「軟弱。」John又冷哼了一聲，看樣子是絲毫不打算安慰嚴歡。

嚴歡忍了忍，心裡安慰自己不要和這個冷漠的老鬼一般計較，誰知那邊John又來了一記狠的。

「你今天輸得很慘，毫無還手之力。」

「是啊，是啊，我知道我技巧很差，更無法和你欣賞的那個付聲相提並論。」

嚴歡有點自暴自棄。

「不僅是技巧，各方面你都輸得一敗塗地。」John冷冷道，「前幾次比較下來，你就失去了鬥志。在之後的彈奏中，不僅是技巧，連情感表現都爛得一塌糊塗。從技巧上，本來就沒有人指望你能贏過他，但是最基本的身為吉他手的自尊，你都沒有保住。嚴歡，你今天讓我很失望。只會說大話、畏懼現實的失敗，沒想到你竟然是這麼軟弱的人。」

「……我！」嚴歡支吾了半晌，臉漲得通紅，想要辯解什麼卻又無法反駁。因為他發現，**John** 說的竟然完全都對。

他輸給付聲一次後，就認為自己完全比不上對方，之後的比試更是自暴自棄，他連自己在彈奏的是什麼都不記得了。也難怪，**John** 會對他失望。而這也讓他第一次知道，原來失敗的滋味，是那麼的痛苦，那麼讓人不甘心。

「我真的不想輸給他。」嚴歡囁嚅著，有些迷惘，「但是我贏不了。」

是的，付聲的吉他，有一種任誰都無法學來的魅力。當他的手指觸上弦，就彷彿只為彈奏吉他而存在。每一陣撥弦，每一道音符，都震撼人心、讓人動容。付聲，是真正的吉他手。

嚴歡第一次從心底認可了那個人，也更加知道，自己是多麼弱小。原來 **John** 說的天分之差，竟然這麼令人沮喪？

「John，我承認，你看中的那個付聲雖然人品未必很好，但他卻是一個出色的吉他手。」

「所以呢？你是不打算再練吉他，乖乖認輸了？」

「我哪有那麼說！」嚴歡惱怒。

「很早以前我就和你說過，歡。」John收起挑釁的態度，認真道，「你在吉他上的天賦並沒有多麼出色，與那些天才比起來，你沒有優勢。那麼，你還要繼續嗎？」

「沒有天賦，我還可以更加勤奮啊！」

「那如果那個人不僅有天賦，還比你更勤奮，你一輩子都無法超越他，你打算怎麼辦？」

John的提問讓嚴歡沉默了，許久後，他問道：「John，難道在你們那個時候，你的吉他就是同輩人中最出色的嗎？」

「當然不是。」

「那你還是繼續彈奏下去了？」

John猜到他要問什麼，聲音裡帶著些笑意，回答：

「是的，我從來沒有放棄過吉他，也沒有放棄過搖滾。」

嚴歡笑了，「是啊，我也是這麼想。雖然我很想當第一，但是就算做不了這個第一，我也不認為自己就不能成為一個吉他手了。即使技巧不如別人，我也可以憑自己的擁有的實力來玩搖滾。沒人規定技巧差的人，就不准彈吉他了吧？

「況且只要多加練習，就算不是最出色的，我相信自己也會成為一名優秀的吉他手。」

「……嚴歡，你還真是樂天，或許你適合去玩龐克。」John笑道，「不過既然你想通了，一切就好辦了。比起繼續悶在房間裡自暴自棄，我有一件更重要的事情要讓你去做。」

「啊？什麼事？」

「明天……」

第二天，向寬正準備和前來換班的同事交接，就看見一個纖長的身影在門口晃來晃去，但遲遲不肯進來。向寬忍笑看了好久，最後忍不住推門走出去。

「嘿，這邊有金子嗎？我看你一直在這裡低頭撿嘛。」

嚴歡猛然抬頭，看見是向寬，有點鬆了口氣的樣子。

「沒、沒啊，我只是站在門口吹吹風而已。」

這麼冷的天氣，站在外面吹西北風啊？向寬憋住笑意，故作客氣道：「哦，那你要不要進來坐一坐？」

「嗯，既然你都特地邀請我了……」說著，嚴歡已經一隻腳邁進店裡，同時眼睛咕嚕嚕地望了一圈，卻沒看到期待中的身影。

「你在找誰？」

冷不防地，嚴歡被向寬嚇了一跳，「沒找誰啊，不不，我是來找你的嘛！」

「找我，我就在這裡啊。」向寬笑咪咪道，「難道你不是在找別的什麼人？」他雙眼緊緊盯著嚴歡，彷彿要把這彆扭小鬼的想法全部看透。

「好吧……」嚴歡無奈地承認，「其實我是來找付聲的。」

果然是這樣。向寬聞言，看著嚴歡的眼神都有些詭異。

「你還沒被他虐夠？」

「不是，我是有正事找他。他今天沒來？」

「那位大神平常不會來我們這家店，前幾天他天天在這裡，還是托了你的福。」向寬見嚴歡有些失望，又加了一句，「不過我大概知道這個時間他會在哪，正好下班了，我倒是可以帶你去。」

嚴歡感激涕零地看著他，「向寬，你人真好，昨天我誤會你了！」

「呵呵，呵呵，普普通通吧。」向寬眯眼笑著看嚴歡。這麼有趣的兩人見面的場面，不親自去看豈不是太可惜了。

五分鐘後，整理完的向寬和嚴歡一起離開了樂器行，兩個人朝市區的酒吧街走去。

嚴歡歪頭，「這麼早就去酒吧？」隨即露出一副果然如此的表情，付聲那個傢伙一定是縱情聲色。

向寬意味深長地笑了笑，「有時候去酒吧不一定就是去玩的，相信我吧。」

似乎是此行目的地的酒吧，與其他酒吧相比樸素許多，入口處只有一塊黑色的門牌，看起來不像酒吧，反而像是充滿英倫氣息的某某大街民居。

向寬認識酒吧入口的員工，帶著嚴歡就直接進去了。

這還是嚴歡第一次在白天的時候來酒吧，和夜晚給人的感覺不一樣，所有的椅子都收好倒扣在桌面上。窗外的陽光照射進來，光影起伏，一片靜謐。

此刻不那麼喧嘩，適合一個人安靜地待著。

「在那。」向寬示意嚴歡，向酒吧的一個角落走去。

付聲正坐在那片唯一照射不到日光的地方，嚴歡看著那道人影，心想這個人似乎總是喜歡把自己藏起來，藏在黑暗之中，不讓其他人觸碰。隔著光與影的分界，沒有人能看清付聲的表情。他融入陰影，就像是生來就在這片黑暗中生長。

嚴歡仔細打量著這個沉默地吞吐煙霧的男人，第一次發現，除了吉他以外自己一點都不瞭解付聲。不，就算是在吉他方面，他也未必瞭解對方很多。

嚴歡突然想，這樣將自己隱藏在黑暗中的付聲是那麼自然地呼吸著，不怕有人揭開他的傷口，也不怕有人傷害到他，似乎是個再安全不過的堡壘。但，難道就不寂寞嗎？

「你們怎麼來了？」

低沉略微沙啞的聲音，從陰影的角落傳出來。付聲說話時，嚴歡才注意到他手邊還放著一把吉他，普通的民謠吉他。

「找你有事。」向寬道，退出一步，讓嚴歡到前面來，「他找你有話要說哦。」

嚴歡突然緊張起來，直面著付聲的目光，就像是被黑暗中的野獸打量著，讓後頸的寒毛都直豎起來了。

「我……」吞了吞口水，嚴歡暗罵自己膽小，直視著付聲探究的目光，他大聲道：「我來找你，是要問你一件事。」

付聲不出聲，只是用眼神示意他繼續。

嚴歡見狀，破罐子破摔地提高了聲音，「我想問你，願不願意加入我的樂團？不，也不對。」

沉靜下來，嚴歡認真地看著對方，再次出聲道：

「你願意和我一起彈吉他嗎，付聲？」

看著站在自己眼前，明明緊張得都快發抖、卻故作鎮定的少年。

付聲玩味地勾了勾唇角，開口：「當然是——不願意。」

嚴歡似乎並不意外：「為什麼？」他睜大眼眸，直直地看向付聲。

「如果是因為我之前說過的那些話，我道歉。我認為你有足夠的實力，想重新邀請你成為樂團的一分子。」

「我拒絕。」

嚴歡有些氣惱了，「理由呢？」

付聲沉下臉來，也看著他，「不是我要給你理由，而是你需要給我理由。為什麼我要加入你的樂團？你的實力很出色？你是我爸？還是我欠你錢？」

問題一個比一個刻薄，最後，付聲冷冷一笑，「既然都不是，那為什麼我要加入你的樂團。」

不是疑問句，是陳述，表達了他拒絕的決心。

付聲嘲諷般地看向嚴歡，「你是不是以為世界都要以你為中心轉動？你想要什麼就能有什麼？不過我告訴你，很多時候剛好是你想要什麼，結果卻什麼都無法得到。明白嗎，小鬼？明白了就給我回去。」

他又坐回陰影中，不顯露自己的一絲表情。

向寬此時看熱鬧的心情已經沒有了，他看著沉默的嚴歡，以及似乎不打算再出聲的付聲，覺得這氣氛實在是有夠僵硬。於是打圓場道：

「要不，嚴歡，今天我們就先回——」

「那你怎麼樣才會答應我？」

出乎意料地，嚴歡打斷了向寬挽救氣氛的舉動，繼續問：「要達成什麼條件，你才肯加入我的樂團？」

「你沒有聽懂我的話？」付聲有些不耐煩了，「我沒有任何理由要加入，夠了，你走吧。」

「沒有理由可以創造理由，只要你敢開條件，我就能完成。」嚴歡不是一般的倔強，他看著付聲，挑釁道，「還是說你不敢開條件，怕我可以做到。你說我太自我中心，我覺得你才是最自我的人，付聲。」

「哈。」付聲似乎是被他氣笑了，他後仰靠在沙發上，野獸般的眸子懶洋洋地打量著嚴歡，似乎是在目測這個少年究竟是有多大的膽子，才敢說出這番話來。

「你想要條件？好，我給你一個。」付聲挑起嘴角，緩緩道：「只要你能成為這家酒吧最受歡迎的駐唱，我就答應你。」

「一言為定。」

嚴歡不服氣的雙眼閃爍著光彩，緊緊盯著付聲。「要是我做到了，你可不要反悔。」

付聲也道：「要是你能做到，我就是你的吉他手。」

之後，嚴歡不打算浪費時間，決定先離開。向寬提出要送他回去，被嚴歡毫不猶豫地拒絕了。

「我又不是女生，幹嘛要你送。」說完他打量著付聲和向寬，「我現在回去備戰，你們兩個就慢慢聊吧。」

嚴歡看得出來，其實向寬也有話想要和付聲說，便識趣地先走一步。

「這小子。」見嚴歡推門出去，向寬哭笑不得。

「他這脾氣，是我看過的人中第二個這麼倔的。第一個嘛……」向寬側頭向付聲看去，付聲坐在角落裡，理都沒理他。

苦笑一聲，向寬也走過去坐下，看著桌上一堆凌亂的稿紙和那把吉他。

「真的不準備回去了？」

付聲頭也不抬地應了一聲，繼續在手中的紙上寫寫畫畫，時不時拿起一旁的民謠吉他撥弄幾下，然後又埋頭創作。剛才嚴歡站在旁邊，其實並沒有看清桌上的東西。

那裡有幾乎鋪滿一桌的廢紙，全是被付聲寫歌廢棄的紙張。這位天才橫溢的吉他手不是獨自坐在角落悲傷春秋，而是忘我地投入新的創作中。

向寬熟悉這樣的付聲，在最開始大家投入搖滾這條路的時候，付聲幾乎天天都是這麼過的。隨身帶著紙筆，一有靈感便寫幾句歌詞或旋律，那時候的付聲忙得沒有時間打理自己，整天蓬頭垢面，沒有多少女人痴迷，也沒有多少樂迷為他瘋狂。

然而向寬覺得，那段時期的付聲才是最開心的。自從夜鷹在地下表演世界逐漸闖出名聲後，就越來越少見到付聲的笑容了，樂團成員之間的摩擦也越來越大，最後終於走到了這一步。

夜鷹準備正式出道了，他們找了另一個吉他手來代替付聲——這是雙方溝通一個禮拜後的最終結果。

付聲最後還是沒有踏入那片光輝燦爛的地上世界，而是選擇繼續在這陰暗的地方，彈奏屬於他自己的音樂。哪怕是一個人，哪怕再寂寞。

向寬長長嘆了一口氣，不由得道：「要是你能和嚴歡那小子一起組樂團，我也想一起加入了。」

他說完這句話，付聲才終於抬頭看了他一眼。

「你很看好他？」

「看好？我只是覺得，他身上的衝勁很不一樣，像是要一根筋衝到底，這樣執著又傻氣的人最近很少見到了。」

付聲不置可否，「只是一開始而已。」

向寬明白他的意思，很多踏入搖滾世界的人一開始都有著這麼一股豪氣與幹勁，但是在不知不覺中便被現實磨平了稜角，成為只浮出水面幾秒又被激流沖毀的浮木。

太脆弱，太短暫。付聲認為，嚴歡也會贏來這樣的結局。

「那可不一定。」向寬想到什麼，笑著否定，「他身上有某種特殊的東西，和我們不一樣。他應該不會那麼容易就屈服。」

嚴歡身上很特殊的一樣東西——老鬼 John 正在毫不給面子地潑冷水。

「基本上不可能。」老鬼道，「先不談你的吉他彈奏技巧，就算是以你的歌聲，想要短時間內在酒吧博得口碑，也不是一件容易的事情。」

「為什麼？」嚴歡不解，「你不是說過，我當主唱很有天賦？」

「只是天賦而已，又沒有說過你會一下子成為歌神之類的人物。」John 說，「而且比起其他人，你有一個最大的劣勢——你的年齡。」

「年齡？」

「沒錯。雖然搖滾樂向來是憑藉實力說話，但是很可惜，在很多時候一副小雛雞般的外表的確很容易讓人輕視。恐怕見到你上臺駐唱，那些看客第一時間不是聽你的歌聲，而是在嘲笑你的稚氣。」

「可是，上次比賽時……」嚴歡想要反駁些什麼。

「比賽是比賽，但那裡是酒吧。」John 正色道，「你即將要邁入的是真正的地下樂團世界，可別小瞧了它。」

「好吧，那你說我該怎麼做，John？」嚴歡有些氣餒，「難道真的沒有辦法了嗎？」

「當然有辦法。」John 充滿自信的笑意迴盪在嚴歡的腦內，「那個吉他手你必須收服，為此，從今天開始你要把握一切時間接受我的特訓。」

「特訓？」

John 神祕地笑道：「是的，特訓。」

搖滾樂是憑藉什麼吸引目光？除了歌聲和音樂以外，還有不得不承認的一點，那就是搖滾樂手的個人魅力。很多時候，那些特立獨行的搖滾樂手，是吸引樂迷的主要因素，當然前提是，他們得是一支好樂團。

但是結論到了嚴歡這裡就完全相反，嚴歡要做的第一件事，就是改變自己的氣質，不再讓人一看就知道這是個學生而被輕視。

首先，是衣著打扮。

還是平常的那些衣服，但是被 John 簡單地改變搭配後，立刻完全不一樣了。簡單的白色襯衫，不再一絲不苟地扣上每顆鈕子，只扣上第三、四枚，效果就從青澀稚嫩變成瀟脫不羈。

下身是最簡單的牛仔褲與球鞋的搭配，並沒有什麼不同，只是襯衫沒有老實地塞進褲子裡而已。

「這有什麼不同嗎？」

嚴歡看著鏡子裡的自己，除了頭髮凌亂一點，衣衫不整一點，也沒什麼不一樣啊。

「閉嘴，現在開始不要說話，看著鏡子裡的自己。」John命令道，「想一想被金髮男逼走的于成功。」

那一瞬，嚴歡整個就像變了一個人。本來就沉黑的眸子，像是透不進一絲光亮，如同深淵般吸引人望進去。臉上沒有笑容，凌厲的臉部線條顯出幾分冷峻，倒是一下子長了幾歲的模樣。

一個稚嫩的學生，變成一個沉默寡言的桀驁青年，其實就是這麼幾秒鐘的事情。

John滿意道：「以後出去表演的時候，在唱歌之外，你儘量都別出聲，明白了嗎？」

「為什麼呀，John。」嚴歡的聲音中帶著幾分可憐兮兮，一下子就讓鏡子裡那冷酷的形象變得不倫不類。

「一出聲你就原形畢露了，傻瓜！」

「搖滾樂還真是以貌取人。」嚴歡撅嘴表示不滿。

「哈，小鬼，等你有了足夠的實力，就沒有人敢以外表來輕視你了。」John說道，「說到底還是你的實力不夠。好了，現在開始另一項特訓——我來教你，怎麼唱歌。」

05

#Pray it out

歌唱

唱歌。

這需要教導嗎？

對於一般人來說，哪怕是五音不全，都可以隨便對天吼兩聲自娛自樂。

然而那只能算是鬼哭狼嚎。

對於那些專業的歌手來說，唱歌則是一種技巧性的工作，需要嚴格的訓練。

但是John顯然不打算將嚴歡培養成一個歌手。搖滾樂手和歌手很不一樣，他要讓嚴歡學會的是如何成為搖滾樂團的主唱。

如何唱出，能夠詮釋搖滾樂的聲音。

「你的聲音還沒有完全成熟，帶著青澀，嚴格來說並不適合唱搖滾。」

聽John這麼一說，嚴歡就有些緊張起來。原來他硬體條件不合格的地方還有更多嗎？

「但是並不是只有沙啞的聲音才能唱搖滾，其實只要感情對了，無論是是男是女、是老是幼、是粗獷是細膩，都可以唱出搖滾樂。」John道，「很多人認為沙啞的聲線才能詮釋搖滾的感情，這其實是一種偏見。最起碼在我看來……」

「等等，等等！John。」嚴歡連忙喊暫停，「我現在不是要你科普什麼樣的歌喉才能唱出搖滾樂，而是要你來教我唱。」

老鬼被止住了長篇大論，有些悻悻。

「多掌握些知識對你有沒有害處。」

「是沒有害處，但是我們時間緊迫。」嚴歡順手指了指身後的時鐘，「所以大師，那些話以後我會慢慢聽的，請你快一點教我吧。」

John盯著他半晌，道：「我突然不知道該用什麼方法來教你了。」

「……你唬我？」

「不，是真的。」John一臉歉意，「雖然之前說要教你，但是我突然發現自己也不是一個專業的歌手，似乎無法在技巧方面指點你什麼。唯一可以說的只有一些經驗，但是那些對現在的你來說，又大多都還沒有用處。」

趕在嚴歡炸毛前，John又說了一句：

「不過我倒是想到另一個方法。」他對著一臉困惑的嚴歡指了指一旁的電腦，「現在你先不管其他，唱幾首歌給我聽。」

嚴歡摸不著頭腦：「你究竟要做什麼，John？」

「別管，你先唱就是了。」

最後嚴歡被John半逼迫著，從電腦上挑了十幾首歌出來，有的是他會唱的，有的是他只聽過幾遍還有些陌生的。但是在老鬼的強烈要求下，嚴歡將這十幾首歌全都演繹了一遍。

唱完後，他有些尷尬地問 John：「現在你總該告訴我你在搞什麼了吧？」

剛才有好幾首歌他頗為生疏，唱得結結巴巴，這讓嚴歡覺得很沒面子。

John 沉默了幾秒，道：「我在聽你的感情。」

「感情？」

「聽你能將那幾首歌唱出幾分真情。」John 說，「搖滾樂最重要的其實不是技巧，而是宣洩出的情感。一首歌，一支樂團，一名主唱，只有在最大程度上將歌曲中的情感演繹出來，才能獲得樂迷的認可。而一首好歌，也必須包含著能令人共鳴的情感才算成功。

「剛才我選的這幾首歌，都是最近聽過覺得很有味道的歌曲。」John 道，「如果能唱好它們，才有可能在酒吧駐唱獲得成功。」

嚴歡一愣，「那你聽出什麼了沒有？」

John 長長一嘆，道：「果然，你還太年輕了。」

嚴歡有些氣惱又有些緊張，「什麼意思？難道我一首都唱不好？」

「從曲調上來說，有很多首你都唱得算好聽。」John 又說，「不過也僅僅是好聽而已。」

一首好聽的歌曲，只會讓人覺得悅耳，但並不會產生深刻的印象，也不會因此對演唱者產生多少關注。好聽的歌未必是好歌，好歌未必所有人都喜歡聽。

John 對嚴歡道：「你還年輕，雖然看起來比一般同齡人經歷得多，但也還是個小孩。有很多歌詞裡的情感你唱不出來，有很多曲調你唱出來了，但沒有那種撼動人心的感覺。這就是你最大的不足，嚴歡。」

不得不說，John 這麼一番話說出來，嚴歡確實是有點被打擊到了。不久之前，老鬼雖然不看好他的吉他，但是對他的歌聲一直是讚不絕口。然而現在嚴歡發現，原來自己心底一直悄悄自滿的歌聲，其實也不過就是那麼一回事。

他還是一個小鬼，差得遠呢。

「難道我真的不行？」

「現在的你當然不行。」John 看出他的氣餒，安慰道，**「沒有誰是一路成功的，這些失敗都只是為你之後成功奠基。而且我又沒有說，剛才那幾首歌中沒有一首過關。」**

「你的意思是……」嚴歡有些緊張，他發現自己這幾天越來越患得患失了，

「還是有我能唱得好的歌？」

John 神祕一笑：**「當然有。也許是那首歌和你的心境很相像，至少在我聽來，**

你的歌聲有那麼一點點打動到我，多練習練習吧。」

年輕人很容易受挫，但是也更容易被鼓動，嚴歡立刻興奮起來。

「是哪一首？快點告訴我！」

「……這一首？」

「那我們現在就開始練習。」

John感受著嚴歡的興奮和幹勁，不由得輕輕一嘆。

「年輕人啊。」

年輕似乎是最大的資本，因為年輕人可以無數次跌倒再爬起來，可以有不知天高地厚的夢想，然後一點一滴地向它努力。孜孜不倦練歌的嚴歡根本沒有注意到，似乎在不知不覺中，他又愛上了搖滾的另一面。

愛上搖滾的歌聲。

一轉眼，又是一個週末。

這天傍晚，嚴歡背著吉他來找向寬。向寬收工準備離開樂器店，看他一副緊張的模樣，取笑道：「怎麼，現在才開始害怕？」

「不是，我只是想到了一個很嚴重的問題。」嚴歡那張還顯得稚嫩的臉，擺出一副嚴肅的表情道，「雖然我和付聲約好條件，要在那間酒吧駐唱，但要是酒吧老闆根本不打算讓我駐唱怎麼辦？」

他抬起臉，有些可憐兮兮地看向向寬：「要是我被老闆直接趕出來，這個條件根本連實現的可能性都沒有了。」

向寬笑出聲，揉著小鬼的腦袋，「你怎麼現在才想到這個？」

「之前只顧著練習。」嚴歡有些悶悶不樂，「要是真的不讓我去臺上唱，那該怎麼辦？」他說著，眼前一亮道，「要不我就直接在酒吧門口唱好了，能吸引多少人就是多少人。」

「大冷天的，你想要在外面受凍，聽歌的人還不樂意呢。」向寬揉了他一巴掌，看著有些沮喪的嚴歡，笑道，「放心吧，我早就幫你跟老闆說好了。」

「說好了？」

「對啊，那老闆恰好也是我們一起玩搖滾時認識的熟人。我對他說，可以讓你在幾支樂團休息的時候上去唱一下。」

「老闆答應了？」嚴歡睜大眼看著向寬。

「答應了。」

「向哥！」嚴歡歡呼一聲，一個縱躍撲上去，「我真是愛死你了！」

向寬呵呵笑著接過撲上來的嚴歡，眼睛瞇成一條縫。他可還有一句話沒有告訴嚴歡，他還對老闆說了，這個想要蹭臺唱歌的小鬼和付聲定下了一個「入團條件」。這才讓老闆提起興趣，答應讓嚴歡上臺。不過若是被嚴歡知道了，大概會惱羞成怒吧。

這個自尊心強的小鬼，恐怕在正式完成付聲的條件前，不想讓任何人知道這件事——就怕別人故意賣他好或者同情他。

讓嚴歡後知後覺的一個煩惱，早就被向寬好心地解決了。兩個人，一把吉他，向著今晚的戰場走去。

萬事俱備只欠東風，現在，只需要嚴歡登臺一歌。

時間：晚上九點

地點：Nightmare 酒吧

十七歲的嚴歡第一次登上酒吧的駐唱舞臺，也是第一次對著挑剔的獨立搖滾樂迷唱出他的聲音。旁邊有人幫他插好電吉他的連接線，負責試音。

嚴歡站在打著燈光的舞臺上，心臟「呯呯」地不斷跳動。在舞臺中心向外看，周圍都是漆黑一片。明明觀眾的表情和視線，他應該是完全看不見才對，但是不知為何，嚴歡只覺得自己好像被所有人用尖刺般的視線盯著。

盯得他幾乎要起了一身雞皮疙瘩。

「John，告訴我怎麼才能冷靜下來？」聽著越來越快的心跳，嚴歡只能選擇向 John 求救。

「唱歌。」老鬼道，「只要想著這一件事就好。」

嚴歡聽了苦笑。如果是這麼簡單就可以辦到的話，他還有必要這麼緊張嗎？關鍵是他現在完全被臺下的觀眾左右，根本集中不了精神。這感覺，簡直比那次比賽的時候還要……

想起比賽，嚴歡突然想起了一群人。

于成功，以及夜影樂團的那些伙伴們。曾經在舞臺上還有他們陪伴自己，而現在……

嚴歡看了看手中的電吉他。這是于成功留下來的那一把，在前幾日突然有夜影的原團員將這把吉他交給他。

「成功說，這是給你的。」

簡單的一句話，卻有深深的意味。于成功留給嚴歡的一把吉他，于成功留給嚴歡的夢想，于成功留給嚴歡的……不放棄的希望。看到這把吉他，嚴歡就彷彿能看見于成功笑著對自己說——嚴歡！我等著再見到你，在搖滾的路上。

——在搖滾的路上。

深吸一口氣，嚴歡突然發現自己能沉下心來了。擺好吉他，他輕輕撥了一下弦，對著麥克風道：

「接下來，給大家帶來一首歌，希望大家喜歡。我要唱的是——」

有沒有那麼一首歌，會讓你輕輕跟著和。

無論閒暇時，忙碌時，總有一種音色，能夠輕輕打動你的心弦。

有沒有那麼一首歌，會讓你心裡記著我。

無論是在辦公室、公車站、酒吧，聽到旋律的一瞬間，就打開了記憶中的一扇門扉。

——有沒有一首歌會讓你想起我。

燈光下的少年輕輕撥弄著吉他，啟唇帶出一道低低的聲音。

低緩、沉穩，卻像一股清泉，慢慢流進人們心裡。

他唱著：

「**燈熄滅了，月亮是寂寞的眼。**

靜靜看著，誰孤枕難眠。

遠處傳來那首熟悉的歌，

那些心聲為何那樣微弱……」

歌聲吐出的那一刻，點亮了一片小小的火苗。

一開始並沒有人注意到他，在其他幾支樂團下場後的這個中間休息時間，酒吧裡的人們有的聊天，有的灌酒，有的和異性嬉笑打鬧。

沒有人去在意，這個第一次出現在地下表演世界的年輕人。

然而有些歌曲，有些旋律，就那樣默默地傳進了耳中。

撥動著弦，嚴歡微微閉著眼，繼續唱著。沉浸在音樂的旋律中，沉浸在他自己的回憶中。

唱這首歌時，他想起了很多。

與老鬼的結識，父母的冷眼相待。

夜影樂團磕磕絆絆的路程，最終的解散。

曾經在身邊的人，現在已經不知道身在何處。然而嚴歡心裡卻不再那麼遺憾了，彈著這把于成功留下來的吉他，他心裡笑著，唱出了那句歌詞。

「**我們都活在這個城市裡面，**

卻為何沒有再見面，

卻只和陌生人擦肩。」

有時候擦肩而過，只是為了下一次的再見。

少年清澈的嗓音，詮釋出這首歌的另一種韻味。青澀的，懵懂的，像是雨後的街道能聞到一股清新的味道，卻洗去了那些塵土的記憶。

莫名地，觸動心裡的一片柔軟。

臺上，嚴歡還在唱著，然而漸漸地，有人停下交談，有人不再灌酒，抬頭向正低聲歌唱的少年看去。

舞臺的燈光下，嚴歡的身影顯得有些一觸及碎的脆弱感，然而，又是那麼真實的存在。他的歌聲，真摯地傳入聽眾的耳裡。

多少失去，多少遺憾，多少次再見。

曾經嬉笑的時光，現在只留冷冷的空椅。

曾經與你對酌的那個人，現在又在哪裡了？

時光匆匆，留下的是不能再往復的過去，留下的似乎只是一份落寞。

「最真的夢，你現在還記得嗎？

你如今也是，

一個有故事的人。

天空下著一樣冷冷的雨，

落在同樣的世界，昨天已越來越遙遠。」

不知在何方的故人，不知在哪裡的舊友，曾經遺忘的記憶，在某刻突然被點燃。

嚴歡對著麥克風，壓低嗓音輕輕唱著。

臺下依舊是一片嘈雜，沒有太多的人關注到他。然而即使是再少，也依然有那麼幾個人停下了動作，靜靜聽著嚴歡的歌聲。

聽著這首能夠勾起他們回憶的歌曲。

在忙碌的生活中，在醉生夢死、不理想的現實中，有一首歌，有一種旋律，能讓你想起曾經的自己。

曾經年輕的自己，曾經稚嫩的自己，曾經天真地喊著我要成為宇宙無敵世界第一的自己。過去這些在被現實磨滅前，是多麼真實而又美麗的夢。

現在想起來，或許只會換來一聲嘆息，一道悵惘，一個羞澀的笑容。

卻銘記於心。

因為那是曾經最真摯，最快樂的自己。

「有沒有那麼一首歌，會讓你輕輕跟著和。

牽動我們共同過去，記憶從未沉默過。

……

有沒有那麼一首歌，會讓你心裡記著我
讓你歡喜也讓你憂，這麼一個我。」

舞臺上的少年低聲地唱著，臺下為數不多的聽眾靜靜地聽著。

有時候，這就是一種無聲的交流，不需要言語的默契。

唱歌的人帶給你一份情感，帶來一份觸動。聽歌的人默默聽著，心裡悄悄地共鳴，有時候會心一笑，隨著歌聲輕輕搖擺。

不是只有激烈的節奏才是搖滾，不是震撼的曲調才能撼動你的靈魂。有時候搖滾也溫柔，搖滾也有流行。只要它能觸動你。

安靜是搖滾的另一面，溫柔則是它的另一度。

雖然不是很多，但是已經有越來越多的人注意到了正輕輕唱歌的嚴歡。那低鳴的歌聲躍入耳中，不經意間打開了他們過去的一份記憶。

嚴歡的歌聲，說實話並不是聽眾們聽過的最出色的一個，他的吉他伴奏，在專業樂迷聽來甚至是有些粗糙的。

但是這首簡單的歌，這樣簡單的唱風，卻像是細雨，潤物無聲。

嚴歡的臉龐，在燈光照射下的側影，看起來雖然稍顯稚嫩，卻能讓聽眾感到年輕的氣息，想起過去的自己。

粗糙，自我，天真。

卻真摯，火熱，充滿希望。

嚴歡不經意間忘記了老鬼的囑咐，嘴角帶出一份笑意。因為他想起了自己，想起了于成功，想起了父母，甚至是想起了那個金髮男。年輕時的失敗與痛苦，曾經是那麼讓人絕望。然而會不會有一天想起來，只換來會心一笑，成了一份寶貴的追憶。

「我現在唱的這首歌，若是讓你想起了我。

湧上來的，若是寂寞。

我想知道爲什麼。」

有人抬起頭，對嚴歡吹了一聲口哨。在嘈雜的酒吧裡，這個鼓勵的聲音是那麼微不可見，然而嚴歡卻聽見了。

他對著那個方向，悄悄露出一個微笑。有人認可、有人讚揚，哪怕只有一個，也是件開心的事情。

嚴歡今天終於明白，原來在吉他之外，搖滾也有另一面能讓他如此開心，如此觸動。

——帶給其他人一道涓涓細流，帶給其他人一份溫熱的情感。

通過自己的歌聲，如果能夠做到這些，那是多麼令人開心的一件事。嚴歡撫著吉他，感受著它被自己染上的溫度。

道出最後幾句歌詞，同時也在心底默默地訴說。

「我現在唱的這首歌，就代表我對你訴說。

就算日子匆匆過去，我們曾一起走過……」

不知道在何處的朋友，總有一天，我會用我的歌聲，我的搖滾。

讓我們再見面！

最後一聲輕喝，帶著似乎無盡的回味和意味深長。

嚴歡唱完，抬起頭來。

臺下響起零落的掌聲，並不是很多，卻清晰地傳進他耳裡。更多的人在做著他們自己的事情，他們沒有注意到就在剛才，一個初入搖滾世界的少年完成了自己的第一次地下表演。

第一次表演只換來寥寥掌聲，可以說是失敗。但是嚴歡並不在意，因為剛才那首歌他唱得很開心，他唱給自己聽，也打動了那麼一些人。

這意味著嚴歡終於走到這條路上，他輕輕地推開了一扇門，告訴這個封閉傲慢又無比絢麗的世界。

——喂，我來了！我來找你了，搖滾樂！

嚴歡走下臺來，還未來得及從登臺表演的感覺中走出來，就被向寬一把摟住。

「我就知道你行的！」

向寬摟著他，死命地蹂躪。

「我真喜歡你的歌聲，真他媽的喜歡你的聲音，嚴歡！」

這還是嚴歡認識向寬以來，第一次聽到他爆粗口。被人，尤其是熟人這樣熱烈地稱讚，嚴歡的耳朵都竄上一抹紅色。

「我、我唱的也就那樣吧。我看很多人，都沒在聽我唱啊。」

「這很正常。」向寬笑咪咪地揉著他的腦袋，「要是第一次登臺就能讓所有人都注意到你，那嚴歡你就不是天才，而是超人了。」

「最重要的是，你唱得很好。」向寬道，「認真聽的人，總會被你打動。真是的，竟然讓我這個老油條也有年輕一把的衝動了！」

「是嗎？」嚴歡呵呵傻笑。

這時候，老鬼幽幽地說了一句：

「形象，保持形象。」

剛扯起弧度的嘴角立刻收斂下來，嚴歡謹記吩咐，將嘴角儘量保持水平。因為老鬼說，這樣看起來才沉穩。

「你怎麼了？」向寬一臉奇怪，「要笑就笑啊，故意板著臉幹什麼？」

「要……要保持嚴肅。」嚴歡痛苦地忍著笑說，「不然會被人瞧不起的。」

「……你這、你這臭小子！」一陣沉默後，向寬爆發出狂烈的笑聲。他將嚴歡死命地揉弄著，幾乎快把他弄斷氣。

「你怎麼能這麼有趣呢！現在我都等不及付聲被你攻下的那天了，加油啊，嚴歡。」

向寬不提，嚴歡都差點忘記自己這次表演，可是有著要將付聲這座大神拐來的最終目的。他四處張望了一下，有些失望道：「付聲呢？他沒來？」

「來沒來我們怎麼知道呢？」向寬神祕一笑，「那得看他自己了。」

一分鐘前，某個角落，靜靜聽完嚴歡一曲的某個聽眾，站起身離開酒吧。

他心裡是怎麼想的？他不喜歡嚴歡的歌聲嗎？

不，他只是急著趕回去，想要回去彈吉他而已。

狠狠地彈一整晚。

——在聽了嚴歡的歌聲以後。

有沒有那麼一首歌，會悄悄觸動你的心弦。

讓你心裡記起了誰。

離開酒吧後，嚴歡與向寬打鬧了一陣，回到家的時候已經很晚了。

他父母似乎已經睡了，客廳裡並沒有誰為他留一盞燈，黑暗，冰冷。嚴歡在門口頓了一下，隨即笑笑，不在意地回自己的房間了。

一進房門，他就精疲力盡地躺在床上，像是用盡了全身的力氣一般。

「John，你說，難道每一次表演都會這麼累嗎？」

他躺在床上，看著天花板。

「我覺得好像全身的力氣都被用光了一樣，現在看什麼都昏昏的。」

John 懶洋洋道：「習慣就好。」

「習慣？」嚴歡喃喃地低聲道。

習慣這種緊迫感，習慣這種緊張，習慣這種期待與亢奮？真要是什麼時候習慣了，他怕是又會覺得不捨了吧。

突然想到什麼，嚴歡又一骨碌從床上坐起來。

「那個，John……呃……」他支支吾吾著，似乎在猶豫該不該說。

「有話直說。」老鬼不耐煩道。

嚴歡豁出去了，「我只是想問一下，你覺得我今天晚上表現得怎麼樣？不是說吉他啊！」他連忙補充，「我是說歌聲，歌聲！合格了嗎？」

老鬼一陣沉默，沒有立即回答。

這讓嚴歡剛剛才平復下來的小心臟，又「噗通噗通」地快速跳了起來。

「你、你倒是說句話啊！是死是活也給個說法吧！」

許久，老鬼才出聲。

「其實……」

嚴歡豎起耳朵，不過老鬼的聲音是從他腦內發出來的，他有沒有豎耳朵都一樣。

「其實你今天的表現，已經超乎了我的想像。」

超乎想像？嚴歡在心裡做了最壞的準備。難道老鬼的意思是，超乎他想像的爛？

「你比我想像中更適合成為一名樂手，歡。」

John的聲音沉穩低啞，帶著一股蠱惑人心的意味。

「在舞臺上的那一刻，你想到了什麼？」

「什麼都沒想。不！其實也想了很多。」嚴歡道，「雖然心裡想了很多，但是我一直只想著要唱好這首歌。等回過神來的時候，已經結束了。我都不知道自己是怎麼唱完的。」

老鬼的聲音裡帶著笑意。

「所以我才說，你有這個天賦。把自己的情感投入進去，並感染其他人，嚴歡，這才是一名稱職的樂手該做到的。而你，做到了。恭喜你，從今天開始，你已經正式踏入搖滾的世界。」

「……正式？」嚴歡有些回不過神，「那我之前的那些都算是什麼，和于成功他們的組團和參加比賽呢？」

「都只是小打小鬧。」John淡淡道，「真正的搖滾，要從地下表演中蘊育出來。」

聽見老鬼這麼說，嚴歡對於那個所謂的地下表演開始好奇起來。那是個什麼樣的地方，又會有哪樣的一些人呢？而最開始涉足搖滾的人，又是如何在這不見天日的世界中，彈奏自己的樂曲？

他實在忍不住好奇，向John問了出來。

老鬼的語氣中帶著一些懷念，「其實，我也沒有見過最初的搖滾。」

他道：「也許只是誰的突發奇想，也許是幾個靈感的相撞，也許……」老鬼頓了頓，「是一聲無奈不甘的喝斥。總之，搖滾就這麼來了，傳進所有聽見它的人耳中。」

嚴歡撐著下巴，聽得津津有味。

「那麼在很久以前，是不是有很多人為了搖滾前赴後繼，那是不是搖滾最黃金的年代？」他的眼睛突然亮了起來，「我每次聽到向寬說上世紀那些著名樂團的事情時，都恨不得自己就是生在那個年代！」

「是啊，很多人為它瘋狂。」John想起什麼，笑了起來，「都是一些傻瓜和瘋子。」

「那你也是嗎，John？」

「誰知道呢？」老鬼不甚在意道，「反正那個年代，都已經過去了。」

這一句簡單的話，突然帶出些許落寞來。

在曾經的、過去的、輝煌的那個年代。

有無數的人為搖滾瘋狂，他們可以是樂手，可以是樂迷，可以只是一個最普普通通的工人，然而這一份狂熱的激情卻傳遞給了每個人。

嚴歡想像不出來，誕生出那麼多搖滾天才和鬼才，又有那麼多天才早逝、巨星隕落的悲情年代，該是多麼的精彩炫目，讓人望之悵然扼腕。現在的人們已經看不見那份光輝了吧，只能隔著一片模糊的時光之海，遙遙遠眺著過去的榮光。

老鬼的那句話——都已經過去了。

就像洗去一切浮華，只留下黑白的記憶。光輝不再，曾經的那些人或者老去或者死亡，這個世界上只留下了搖滾。搖滾殿堂已經不如當年輝煌了。搖滾的黃金年代，和那個年代的無數天才們。

嚴歡向後倒在被子上。

「多好啊，那麼多人全心全意地只為了一件事。」

燃燒的激情，揮霍的青春，肆意的嬉笑怒罵。只是想著，那一幕幕的畫面就像是從他眼前晃過，就讓他心裡的血，燃燒得都快沸騰起來。

嚴歡一聲嘆息，「為什麼我就不能早出生個幾十年呢？」

John 笑他：「現在也不晚啊。現在開始屬於你的輝煌，也不晚，歡。」

「……你說得對！」嚴歡又從床上坐起身來，「過去的已經過去了，現在是屬於我……們的。」他不太情願地加上了一個「們」字。

「要是組上付聲那個傢伙，再拐幾個人進來的話，我們也有可能成為名留青史的樂團吧？」嚴歡興致勃勃道。

「是啊。」John不動聲色，「不過頂多只能成為一支不錯的樂團，要想名留青史的話，你們還差個條件。」

「什麼？」

「得死一個人，不是你就是付聲。」老鬼調侃道，「這樣才能煽動起人們的不捨與憐憫，畢竟只有死去的才會被人們說成是最好的。死亡讓他們神化了。」

「John，這話從你嘴裡出說來還真彆扭。」嚴歡道，「你自己不就是一個意外身亡的嗎，難道你也名留青史了？」

「……這個嘛，誰知道呢。」

老鬼敷衍過去，無論嚴歡怎麼追問，他都不願意再吐露一個字。John一旦固執起來，沒有誰能把他掰回來。

嚴歡無奈，只能放棄。

「不說就算了。對了，那之後的表演怎麼辦？今晚好像沒幾個人在聽我唱，你說酒吧老闆以後還會再讓我上臺嗎？」他有些擔心地說著。

John笑了，「會的，你放心吧。」

真正聽搖滾樂，真正聽懂歌聲的人，都會明白什麼才是好歌。

而對一個原石加以琢磨，也是比想像中更有趣的事情。John有些出神地想著，不去理睬嚴歡的追問。

他只想著，那些過去的人，那些逝去的人，有幾個能像自己這樣走運，能再有機會重遇搖滾？

他已經足夠幸運了。

第二天，嚴歡頂著一對黑眼圈去找向寬。

「老闆說，可以讓你繼續上臺。」向寬笑咪咪地說完，「這也是對你實力的認可，加油吧。」

嚴歡興奮了片刻，想起昨天臺下觀眾的反應，又有些氣餒。

「但是這樣要到什麼時候，才能讓付聲願意成為我的……」他頓了頓道，「吉他手呢？」

向寬一口水差點噴出來，眼神古怪地看向嚴歡。

「心急吃不了熱豆腐。」

「我知道。可是你們不都說付聲很紅。要是在我還沒達成條件的時候，他就被其他樂團挖走了怎麼辦？」

「你在擔心這個？」向寬失笑，「放心吧，最起碼最近一段時期內，付聲是沒有心思再去理會其他樂團的招攬了。」

「為什麼？」嚴歡不解。

「因為他忙得很。」向寬神祕一笑，「某一個初出茅廬的小崽子給了他靈感。不過這一點，他怕是死都不會承認的吧。」

被向寬取笑的付聲，此時正一個人窩在自己的公寓裡。

屋內煙霧繚繞，一地的廢紙菸頭，空氣中甚至都有一股食物腐爛的異味。然而在這種惡劣的環境下，付聲的精神卻是意外的好。

一雙黑眸中少見地閃爍光彩，握著吉他，手指像是不受控制般一下，一下，又一下。

按住弦，再鬆開，撥動出上帝賜予他的旋律。

黑暗中，付聲的頭髮隨著激烈的彈奏而凌亂地晃動著。他嘴邊，卻是掀起一個高高的弧度。

那瘋狂而專注的背影，正忘我地狂歡著。

無論是曾經的黃金時代，還是現在，都有這樣的人。

——傾盡一切於搖滾。

這是嚴歡第三次在這家酒吧演出，和前兩次相比起來，情況已經漸漸有了好轉。

一曲唱完，嚴歡從臺上下來的時候，下方響起一陣歡呼和口哨。

有幾個面熟的客人和嚴歡打招呼道：「週末小帥哥，下次什麼時候再來？」

因為嚴歡總是在週末出現，平常見不到人影，而且基本上除了唱歌以外並不說話，漸漸地一些客人就這樣喊他。

每次聽到，嚴歡總是在囧與雷中徘徊。

不過他還是遵從老鬼的指示，不動聲色道：「下週末。」

客人中有人笑出來，「你還真是每週準時，週週必到啊！像灰姑娘一樣過了週末午夜十二點就要回去了嗎？」

這是善意的嬉鬧，嚴歡並沒有生氣，只是朝對方點了點頭，便向後臺走去，然而在心底卻暗暗吐槽。

灰姑娘哪有他慘？

現在不僅白天要去學校，晚上通宵練歌，到了週末還得到這裡來受打擊。如果不是為了與付聲定下的那個條件，他怎麼會心甘情願地來受挫。

不過現在酒吧的客人們對嚴歡，比一開始的時候還要善意多了。見他下臺，還有人跟著起哄。

「下週末，不見不散啊！王子在等著你呦！」

「哈哈哈哈！」

身後是一片大笑，嚴歡背對那群嬉鬧的人揮了揮手，僵著臉回後臺了。

向寬一如既往地迎上來，嘴角帶著一絲壞笑。

「很受歡迎嘛，灰姑娘。」

「你就別嘲笑我了。」嚴歡無奈，「我是路漫漫其修遠兮，離實現付聲的要求還遠著呢。壓力這麼大，你還幫外面那些人欺負我？」

「不是欺負。」向寬正色，「是調戲。」

「……有什麼區別？」

「調戲需要愛，蘊含著對你深深的關心與愛護。」向寬拍了拍他的肩膀，「一般人我還不樂意調戲他。」

「那我是不是要謝主隆恩？」

「哈，免禮。」

嚴歡看著向寬笑得歡快的模樣，心裡默默無語。

正在他們閒聊的時候，一個人急匆匆地走了過來，看見嚴歡，他眼前一亮。

「還好！還好你還沒走啊！小嚴！」

嚴歡一驚，轉頭看去。這個一臉焦急、喜出望外地奔過來的人，不正是酒吧的老闆喬生嗎？喬老闆此時滿頭大汗，完全沒有平時氣定神閒的模樣。

「老闆，出什麼事了？」嚴歡看著他奔到自己眼前，「是我的演出有什麼差錯嗎？」他有些緊張地問。

「不是，不是！」喬生氣喘吁吁，「你表演得很好！是別的人出了差錯。」他喘了會氣，才道，「有一支樂團臨時有人來不了，現場又沒有別的人能頂替。嚴歡，你上次……上次不是說，你會唱那首歌的嗎？所以我想，能不能麻煩你上去頂一下？」

老闆有些不好意思道：「如果你不方便的話——」

「方便！絕對方便！」嚴歡還沒說話，那邊向寬已經一口替他答應下來。

喬生老闆露出欣慰的神色，感激地看向嚴歡：「小嚴，這一次真的是多謝你了！你等著，我去讓他們準備準備，等等你就可以上場了。」

看起來他真的很著急，沒說幾句話，就向舞臺那邊奔過去。

在他走後，嚴歡問向寬：「怎麼不問一下就替我接下來了？如果是我應付不來的場面怎麼辦？」

「怎麼辦？有機會當然是要直接上！」向寬恨鐵不成鋼道，「你以為機遇都是天上白掉下來的餡餅？就算真的掉餡餅了，你也得睜著眼去看啊。這種千載難逢能夠讓你多增加出場機會的時機，不抓住怎麼行？」

「他說得對。」在嚴歡腦內，**John**也贊同道，「**對你來說，現在每一個登臺露臉的機會都是必須爭取的。**」

「……**我有那麼饑渴？**」

「**如果你還想要付聲的話，就得更加饑渴一些——對舞臺。**」

嚴歡小小鬱悶了一下，他怎麼覺得什麼話從**John**嘴裡說出來感覺就不太對勁了？

那句話簡潔一點，是不是可以說——對付聲更饑渴一些？

嚴歡這麼一想，抑鬱了。

「那老闆剛才說的是要我頂替哪一支樂團？替他們唱完哪一首？」

「這個我知道。」向寬看了下時間，道，「平常這個時候會來的是『禿鷲樂團』，他們玩的是英倫復古搖滾。」

「復古搖滾？」

見嚴歡面露不解，向寬好心解釋道：「就是上世紀六七〇年代，英國那幾個巨頭級別的超級樂團遺留下來的風格，現在的英倫搖滾繼承了他們的風格，再稍加一些發展。」

上世紀，英國。

嚴歡一聽，就立刻想到了老鬼。

「John，你對這個英倫復古搖滾有什麼印象嗎？你那個時代有嗎？」

不知問了多少遍，John才慢悠悠地回答：「不知道。」

「你不知道？」

「我死了很久，很多名詞都是在我死後才出現的。」John說，「在我剛開始接觸搖滾的時期，英國的搖滾風格還沒有定型。」

「這樣啊……」嚴歡有些失望，這麼一來，不就意味著他得不到老鬼的幫助了？難得有這麼一個作弊器在身上，卻難物盡其用，真是掃興啊。

正想著，那邊喬生老闆已經走了過來，他身後還帶著另一個人。一個高高壯壯，看起來很像是混血的黑皮膚男人。

見到這個人，向寬似乎微微皺了下眉。

「小嚴啊。」喬生老闆有些躊躇地走了過來，「剛才跟你說的，要你幫忙頂替一下的樂團，這一位胡亦就是禿鷲樂團的鼓手。他們其他成員在路上暫時出了點意外，趕不及，所以我才想請你幫忙代唱一下。」

「老闆，」那個皮膚黝黑的鼓手打斷了他的話，上上下下地打量了嚴歡一番，面露嘲諷。「你說有人能代唱我才過來看一看的，怎麼就是這麼一個小鬼？他行嗎？」

一時間，氣氛有些冷凝。喬生老闆尷尬地笑了兩聲，剛想緩和一下場面。那邊，向寬已經冷冷開口。

「半桶水的傢伙總是喜歡響叮噹，嚴歡行不行，哪是你這種二流貨色能夠一眼看出來的？」

二流貨色？

夠狠，向寬還是第一次這麼冷漠地對待外人，在嚴歡面前，他從來都是一副溫和微笑的模樣，值得依賴。然而這樣一個彌勒佛，也有生氣動怒的時候？

「向寬！」對方顯然也受不了這挑釁，「這又關你什麼事！」

「當然關我的事。」向寬一把摟過嚴歡的肩膀，「這可是我看好的主唱，別用你們樂團那種一味迎合模仿的眼光來打量他。這小子，可比你們有出息。不服氣？」

向寬溫和地笑了笑，比了比後臺一邊的爵士鼓，「那我們手底下見真章。」

向寬與這個胡亦都是鼓手，他的這句話，顯然就是在挑釁胡亦作為鼓手的尊嚴。然而讓嚴歡吃驚的是，胡亦竟然不敢當場接下來。

「就事論事，我只是懷疑這個小子的實力，不是要和你較量。」胡亦明顯有些退縮地說著，「他這個年紀，即使再出色也沒人會相信他能唱好那首歌。」

「什麼歌？」

胡亦一愣，發現說話的是一直沉默的當事人。

那個明顯還在發育期的瘦弱少年，正直直地看著他，眼中帶著初生牛犢的明亮火光。

「什麼歌你認為我不能唱？」

「當然是……」胡亦正想說什麼，突然，他想到這小鬼這幾週表演的風評似乎還不錯，一般的樂曲說不定還真的難不倒他。要是這樣，丟臉的不是自己？

胡亦狠狠咬了咬牙，道：「Beatles 的《Yellow Submarine》，怎樣，你會嗎？」

他還故意烙英文，想看嚴歡的笑話。

「這首歌好像沒聽過……」嚴歡拖著下巴思考了一番。

「喂，喂，哪有你這樣漏自己氣的？」向寬哭笑不得。

胡亦見狀，笑道：「我就說他不行，老闆，換個人吧。」

「可是，可是實在沒有人了啊，其他樂團都表演完去別的酒吧趕場了。現在這裡能唱的就只有嚴歡了啊！」真正哭笑不得的應該是老闆喬生。這兩方鬥法，受傷的可是他！

「等等，我有印象了！」嚴歡突然又插嘴，「剛才一時沒有想起來，其實我聽過這首歌，但是名字記得不太熟。」

「聽過？」向寬苦笑著看他，「只是聽過可達不到上臺表演的水準啊，嚴歡。」

胡亦卻在一旁冷笑，「這有什麼？既然他有自信，就讓他去啊。」臨走前，他還過來拍了拍嚴歡的肩膀。

「我會好好配合你的，加油吧。」

那陰陰的笑容明顯是等著看好戲。

這下連向寬都有些猶豫了。他看著嚴歡，擔心道：「你真的有把握？」

嚴歡擺出笑臉，「有把握，有把握。」

不過心裡卻在暗罵老鬼。

「為什麼要讓我答應下來啊？我根本沒聽過那首歌！」

「你聽過。」John 淡淡道，「每天晚上我都要唱給你聽的晚安曲。」

「……有這回事？」

「嗯，也許你睡著不記得了。」John 不在意道，「不過這首歌，我想讓你去唱。」

老鬼緩緩道：「我只想讓你來唱。」

《Yellow submarine》，翻譯為《黃色潛水艇》的這首歌，意外地帶著一股歡快的曲調。

只是聽老鬼哼了幾聲，嚴歡便覺得耳熟，不由得狐疑道：「難道你真的每晚在我睡著的時候唱這首歌？」

他心裡幻想著自己睡著後，漆黑的房間內，腦海中一隻孤獨寂寞的老鬼在幽幽地哼著歌的模樣，不由得打了個冷顫。

「也不是每晚，也不是每次都是這首歌。」John 回答道，「我只是偶爾回憶一下過去而已。」

「回憶過去？」嚴歡有些不明白。

John 不再多說，而是轉移話題道：「這首歌我給你十分鐘的時間，學會它。然後，你去舞臺上表演。」

「什麼?十分鐘!」嚴歡抗議道，「那不可能!就算我聽過，在這十分鐘內怎麼唱出情感來?這可是你自己說的，唱歌要帶感情去唱!十分鐘的時間根本不夠我去瞭解它……」

「我唱給你聽。」

「什……」

John 打斷他，再次重複道：「我只唱一遍，你好好聽著。然後，用你的歌聲再將它唱出來。」

「十、十分鐘!」

嚴歡還來不及抗議什麼，便被老鬼強權鎮壓。

一旁，向寬還有些沒從剛剛的突發狀態中回過神，只看見身邊的嚴歡一溜煙地向後邊跑去。

「喂!你去哪啊?不是馬上要上臺了嗎?」向寬腹誹，這個時候才逃跑也太晚了吧!

「我去廁所!十分鐘後回來!」

看嚴歡一臉糾結地揮著手離開，向寬想，還真的是肚子痛?

十分鐘後。

舞臺下的後臺，胡亦試完鼓從臺上走下來，挑釁地看了向寬一眼。

「那小鬼呢？臨陣脫逃了？」

「別，我們家嚴歡可不是你這樣的膽小鬼。」向寬提著唇角假笑，「馬上他就回來了，你急什麼？還是說你害怕了，不想為他伴奏？」

「我怕什麼？」胡亦說著，甩了一下手中的鼓槌，「還是等他回來，看看他那蹩腳的吉他能不能跟得上這首歌再說吧。」

他這麼一提，向寬也有些擔心起來。以嚴歡現在的吉他實力，讓他彈奏這首歌說不定還真的會丟臉。怎麼辦，難道自己上？

「他的吉他？」旁邊傳來一個幽幽的聲音，「他的吉他怎麼了？」

向寬和胡亦同時轉頭看去，看到後臺門口那邊，一個戴著鴨舌帽的男人正倚牆站著。帽檐壓得極低，讓人看不清他的臉，可是他們還是一眼就認出了這人是誰。

「付聲！」

兩人同時叫出來，只不過向寬是驚喜，胡亦是驚訝。

「你怎麼來了？」向寬快步走過去，「你這幾天不是待在家裡閉關嗎？」

「出來走走。」

付聲離開背靠著的牆站直，問：「你們剛才說嚴歡怎麼了？」

「你認識嚴歡？」胡亦更加驚訝的聲音從兩人背後傳來，似乎很不可思議。

不過向寬和付聲都沒有時間理他，向寬將事情經過這麼跟付聲一說，付大吉他手點點頭，道：「所以，他現在正準備唱這首歌？」

「是啊，不過這小子十分鐘前去廁所，到現在都還沒有出來。」向寬撐著下巴思考，「難道是太緊張了？」

付聲沒有說話，只是沉默地站著，不知道在想什麼。

旁邊，胡亦看他們這副熟稔的模樣，心下打起鼓來。

付聲是什麼人物？在本市的地下表演圈內，他可是當之無愧的的第一吉他手。難道他和那個叫嚴歡的小子很熟？如果知道自己整了那小子，會不會被這座大神碾死？

在場三人，都在想著同一個人。而嚴歡，卻在兩分鐘後才遲遲出現。

「抱歉，抱歉，我拉肚子了！」他雙手合十對向寬致歉，過了有十秒才發現付聲的存在。

「你怎麼在這？」嚴歡吃驚不小，一直以來，表演的時候都沒看到付聲，他還以為這人不會來呢。

「來驗收你的成績。」付聲對他露出一個微笑，並沒有多少溫度，只讓嚴歡心底更加發寒了一把。

「看起來你有了麻煩。」付聲仔細端詳著嚴歡，並沒有從這張還顯稚嫩的臉上看出心慌或窘迫，不由得，心裡就竄上了一個想法。於是，他開口道：

「我可以幫你。」

「啊？」嚴歡顯然還在狀況外。

「替你完成這首歌的吉他部分。」付聲雙手抱胸笑了笑，「怎麼，不想要？」

想要！想要得不得了！怎麼會不想？

要不是有老鬼在腦內提醒，嚴歡早就連連點頭答應下來了。不過有老鬼提點，他又謹慎地多問了一句：「那要是你來彈吉他的話？表演的成果會不會不算數？」

付聲瞇眼。

嚴歡繼續問道：「算不算？」

沒想到這個小子連這一點都要計較，付聲鬆開雙臂，走過嚴歡面前。

「能將他們調動起來是你的本事，我不會計較這點。」

他背對著嚴歡，已經漸漸走上舞臺，又傳來最後一句：「前提是，你的歌聲到底能不能壓過我的吉他？」剩下的話付聲沒有說，只是擺了一個手勢。

他的背影在舞臺的燈光照耀下，只留下一道黑色。那手勢也只是一閃而過，沒有讓人看清。但是嚴歡卻明白了他的意思——要是你的歌聲壓不過我的吉他，那就是你沒有本事。

嚴歡一愣，隨即，嘴角緩緩勾起。

挑釁？還這麼明目張膽？

——不過他喜歡。

他繞過還愣著的向寬，也向前走去。走到舞臺上，他看見付聲在調試吉他的音色。

這是他第一次如此近距離地看付聲觸碰吉他，那小心翼翼的表情，那專注的神情，似乎他的世界裡除了吉他便再沒有其他。

好像又回到一個多月前，他第一次在舞臺下聽見付聲的吉他，那一刻，他就被那惑人的音律俘獲了。而現在，當日那位震撼他的吉他手，正和他同臺，正站在他身側，正要和他——為了同一首歌曲而表演。

無論從哪一方面想，這都是一件令他熱血沸騰的事情。

嚴歡走到舞臺前，撥了撥麥克風。突然笑了，他看見了臺下的聽眾，看見他們驚訝驚喜的表情。

有很多人看了過來，有更多的人正在看向這個舞臺。

然而嚴歡心底知道，這些人不是在看自己，也不是在期待自己的歌聲——他們看的是付聲。畢竟在這個地下表演世界，認識付聲的人太多太多，而認識他嚴歡的，一隻手就數得過來。

這個事實讓他心裡有不甘，卻也有更多的興奮。

「喂，老鬼。」腦海內，嚴歡用自己的聲音對 John 道：「多好啊，這麼多人等一下要聽我的歌。」

「他們想聽的是付聲的吉他。」老鬼毫不留情地潑冷水。

「是啊，我知道。」

嚴歡微笑著，輕撫著麥克風。

「但是我會讓他們聽見的，我的歌聲。」

06
#Pray it out
黃色潛水艇

一切準備就緒，這是一支臨時拼湊起來的樂團。

鼓手：胡亦

貝斯：某位路人甲

吉他：付聲

主唱：嚴歡

而他們要表演的，則是上個世紀一支巨頭樂團的其中一首歌曲。

臺下所有的觀眾都興奮著，期待著。

臺上，燈光剛剛打暗下來。

吉他彈出第一道旋律，嚴歡也隨之啟唇，唱出最初的音符——

「In the town……」

輕快飛揚的音符和歌聲一同響起，傳入臺下觀眾們耳中的是一曲輕快飛揚的歌。

在我出生的家鄉小鎮，

居住著一位老船長，

他常對我們講述一生往事。

——黃色潛水艇，一首迷幻的歌曲，一首鮮豔多姿的幻想歌曲，彷彿將一個新的世界擺放在你面前。一首看似嬉皮有趣，卻悄悄帶給你不同享受的音樂。

嚴歡並沒有刻意壓低聲音，他屬於少年的特殊嗓音，將這首歌詮釋出了另一種味道。彷彿聽著他的歌聲，你就也隨著那緩緩下沉的潛水艇，潛入一片神奇的深海。

「In the land of submarines,

在那潛水艇的王國裡

So we sailed off to the sun,

於是我們起航逐日

Till we found a sea of green,

直到我們找到一片碧綠之海……」

在那碧藍海洋下，在那黃色潛水艇中，有著一個歌曲中描述的桃花源。

這裡有愛與正義的花椒軍士，有破壞人們快樂的大惡魔。

唱著歌的花椒軍士們用愛與和平打敗了惡魔，還給花椒王國美好的和平。

聽起來像是一個好笑又有趣的童話故事，然而真正瞭解這首歌的人，才會明白簡單的歌詞背後的故事，只屬於那個年代的故事。

嚴歡的聲音將歌詞清楚地唱出來，腦中回憶著聽老鬼唱這首歌時的感情。輕快、卻又沉重，明媚、卻也深沉。就像是夏天的一汪湖水，清澈幽碧。

而與此同時，付聲高超的吉他技巧在這一曲的伴奏中，也極盡奪人耳目。每一弦，每一道音符，都帶著跳脫的印跡，與他以往凝厚的風格截然不同，卻另有一番魅力。

付聲出色的吉他，嚴歡清亮的歌聲，兩種聽覺享受，完美地結合在了一起。酒吧內的客人們有些詫異地互望著，低聲討論起來。

「那個男孩是誰？」

「不知道，不認識啊，付聲的新團員？」

「我認識，這幾天來這裡駐唱的一個男孩。」

「聲音還不錯。」有人這麼評價道。

《黃色潛水艇》，光從唱法來講並不是一首多難的歌曲，但是想要將它唱好也不容易。因為原唱是那麼鼎鼎有名的一支樂團，一個世紀的基石，搖滾殿堂的光輝人物。

而在上世紀六零年代，這首歌開創了搖滾樂曲的一個新的風格，雖然在現在已經有些習以為常，在當年卻是里程碑一樣的歌曲。

這樣的一首歌，在專業的樂迷心中的地位自然是與眾不同的，相對的，當聽到其他樂團再翻唱這首歌的時候，樂迷的耳朵都要挑剔了許多。

這對嚴歡，是一個很大的考驗。

舞臺中央，少年站在黑暗中的一束燈光下，身邊是為他伴奏的吉他手——付聲。

即使專注在自己的歌聲中，嚴歡也能強烈地感受到付聲的吉他能量。那股無法讓人忽視，直直奪取所有注意力的囂張音調，即使是在這樣一曲歡快的歌曲中，付聲的霸道依舊未減少分毫。

我能贏他嗎？

嚴歡只猶豫了一瞬，看著臺下的樂迷。

這是一首快樂的歌，帶給人歡快的歌曲。老鬼是這麼說的。

那麼，他現在就不應該想這麼多，而是想著要怎樣將自己的快樂通過歌聲傳遞給聽眾們。

「And our friends are all on aboard,

所有的朋友歡聚一堂

Many more of them live next door,

左鄰右舍就在我身旁

And the band begins to play

樂團奏樂，歡歌一片……」

他輕輕閉上眼，想著十分鐘前，老鬼將這首歌唱給他時的心情。

快樂，並且希望別人也快樂，無論你用什麼聲音，唱出自己的快樂來。

再次睜開眼時，嚴歡輕輕地瞥了一眼身旁的付聲，笑了。他右手握住麥克風，唱著：

「We all live in a yellow submarine,

Yellow submarine, yellow submarine……」

隨著這清澈的嗓音，彷彿將眾人帶到一個冒著泡泡的海底世界。

咕嚕嚕嚕，海底的氣泡從眼前劃過，所有人似乎都坐在一艘左搖右擺的潛水艇中，晃蕩著，晃蕩著。

傻氣，愚蠢，樂呵呵地笑著。

拋棄一切的煩惱、爭執與憂愁，只存在歡樂與愛。

帶給人們快樂的黃色潛水艇。

唱著唱著，嚴歡彷彿也沉浸在那意境中，不自主地左搖右擺起來。昏暗的燈光下，他搖動的影子，剛剛好在付聲腳下。

正在彈奏的付聲抬頭，望了他一眼。看見的是少年稚嫩卻快樂的臉龐，專注、無憂地，唱著一首歌。

此時，正好是不斷重複這一句的時候。

「Yellow submarine, yellow submarine……」

和著嚴歡的歡快歌聲，臺下的觀眾也輕輕唱起來。簡單的歌詞，容易掌握的旋律，帶動人心的音樂。

完美的吉他，和一個用心唱歌的主唱。

聽眾們小聲歡呼起來，童心未泯般跟著不斷重複。

黃色潛水艇，小小的一艘潛水艇。沒有戰爭，沒有痛苦，帶走了憂愁與煩惱，帶來了愛與歡樂。

這在那個年代是多麼單純，又難以實現的一個心願，只有從歌聲中才能發洩出來，只有在歌唱中人們才能實現。當年那支神話般的樂團曾經做到的事，嚴歡今天再次重現了——即使只是萬分之一。

搖滾是人們直抒胸臆的情感，有時群情激昂，有時輕輕哼唱。

——你快樂嗎？

一曲終。

吉他的最後一個音符落下，嚴歡放開麥克風，輕輕地舒了一口氣。

這個時候才有人意識到，一首歌已經唱完了。

有人還未能自拔，有人大聲地吹著口哨、歡呼！

「嘿，唱得不錯哦！」

嚴歡微微勾起唇角，笑了笑。

當然更多的人喊的還是付聲，關注著這位著名的地下吉他手，不過今天已經開始有人意識到他嚴歡的存在了，不是嗎？

一切總歸是在向前進的。

這時，付聲收起吉他，向他走了過來。他直直盯著嚴歡，讓人猜不透他的情緒。

「唱得還不錯，不過並沒有贏我。」

嚴歡有些氣惱，這人贏都贏了還來嗆什麼聲？知道他付聲是神一般的吉他手，也不用這麼特意過來炫耀吧。

誰知，付聲的下一句話卻是——

「但是你也沒有輸，我改變主意了。」望著嚴歡，付聲道，「我決定加入你的樂團。」

「……你、你、你決定什麼？」

付聲看著他這副吃驚的模樣，揶揄道：「加入你的樂團，怎麼，又不想要我了？」

嚴歡反應過來，連忙搖頭，不對，又立刻點頭。最後怎麼都表示不清楚，他索性直接開口道：「要！要，要的！」

「藥藥藥？你以為自己是嘻哈歌手？」付聲好笑道，拉著他下臺，「走吧，既然決定了，那還有很多事情需要商議。」

「商議什麼？」

「你以為組樂團是那麼簡單的一件事？」付聲回頭看他，眼中是一片冷凝，「我加入你的這支樂團，可不希望它只是某個小鬼一時興起的玩票。你怎麼看？」

嚴歡悄悄地吞了吞口水，他知道自己現在的回答至關重要，很有可能一個答不好，付聲又會反悔了。可是他該怎麼說，該怎麼回答才能讓這位吉他手滿意？

「我想辦好這支樂團。」

「哦？多好？」

「像、像……」嚴歡一時詞窮，腦海裡只有剛剛那首《黃色潛水艇》，便脫口而出道，「就像剛才那首歌的原唱樂團那樣！是的，我想成為那樣優秀的樂團！」

他說完，還鼓氣般地自己又點了點頭。

然而話音落下，一時間付聲看著他的眼神都有些詭異，許久，才挑起唇角。

「沒想到你還有那麼大的野心。嗯，不錯嘛。」

他意味深長地看了眼嚴歡，便轉身先行下臺去了。

「我、我剛才說的野心很大嗎？」被付聲的眼神打量得寒毛直豎，嚴歡不由得在腦海內求助老鬼。

「野心？」John 漫不經心道，「一般般吧。」

說完，沒等嚴歡反應，老鬼又道：「再努力個半世紀，你還是有可能成功的，加油。」

「……」沒有這樣打擊人的吧！

「我是說真的。」

付聲看著面前的兩個人，眼中有著深深壓抑著的不耐。

「只有三個人？」

嚴歡點頭，而向寬點頭後又立刻再搖頭。

「其實只有兩個半！」他道，「我還得回去和兄弟說一聲要退團，這可不是那麼好幹的事。」向寬苦著臉道，「還得跟他們解釋理由，一定會被痛揍一頓。」

「那你可以不用來。」付聲冷冷道。

「那怎麼行呢？這可是齊聚我最看好的主唱，和我最欣賞的吉他手的樂團。」向寬道，「無論如何，組團的時候請一定要算我一份，我想盡辦法也會脫團過來的！」

最看好的主唱——嚴歡抗議道：「我只是妥協說可以順便兼職主唱，可沒說我就不幹吉他手了啊！」

「哦？那說說你是怎麼想的。」付聲皮笑肉不笑地看著他，「把我當擺設放在樂團，用你自己那半調子的吉他？」

「我……我也沒說是現在。」嚴歡的底氣有些不足，「目前為止，就由你擔當主奏吉他。但是等我實力提高了，我還是有一爭之力的嘛。到時候你可別霸著不讓位！」

「哈。」付聲輕笑一聲，垂低眼眸，「我等著那一天。

「——不過在此之前，你得先把這個樂團招滿員。在找到符合我心意的貝斯手前，我是不會以這支樂團的名義來參加任何一場演出。」付聲從桌前站起身來，對嚴歡道，「找到了人，就帶過來讓我驗收。除此以外，不要打擾我。」

說完，他瀟灑地轉身離開。

叮鈴——

大門的鈴鐺晃了兩聲，剩下的兩人只能徒勞地看著付聲離去的背影。

「真是大牌。」嚴歡不服氣地嘟囔了兩聲。

「大牌也是應該的。」向寬笑了笑，「玩吉他的人脾氣都有點怪，我們要學會理解這些吉他瘋子的臭脾氣。」

「……」嚴歡沉默地盯著他。

「哈哈，抱歉抱歉。」向寬回神，連忙道，「差點忘記你也是吉他手了，下次會注意的！」

難道我就這麼不像一個吉他手？

嚴歡鬱悶了，臉色更加沉鬱。

「對了，你準備怎麼找貝斯？」向寬又在那邊問，「我倒是認識幾個，可是他們都有了固定的樂團，不好弄過來啊。」

「你都沒主意，我哪有什麼辦法。」嚴歡還在悶悶不樂。

「那個——請問一下，你們是要找貝斯手嗎？」

突然插入進來的、屬於第三人的聲音，引起了嚴歡和向寬的注意。他們齊齊抬頭，這才注意到桌旁還站著另外一個人——酒吧老闆喬生。

喬生此時一臉驚訝恍然混合的表情，看起來就很怪。

「你們兩個，要和付聲重組樂團？」

「不是重組，是這個小子成功把付聲拉進來了。」向寬笑呵呵地拉過嚴歡的肩膀，「所以說，是他的新樂團。」

喬生茫然地點頭，「你們還差一個貝斯手？」

「怎麼，老闆，你有可以介紹的人選嗎？」向寬眼前一亮，喬生開音樂酒吧，人脈可不是一般的廣，說不定還真可以拜託他幫忙。

誰知這話說出來，喬生卻一臉糾結。

「有……也算是沒有吧。」

嚴歡好奇地問：「究竟是有還是沒有啊？什麼叫有也沒有？」

「我確實認識一個出色的貝斯手，不過那已經是很久以前的事情了。」喬生感慨道，「兩年前，他還是我們這裡的風雲人物。不過現在已經沒有多少人知道他了，他不彈貝斯很久了。」

「兩年前……」向寬喃喃念著，隨即臉色一凜，「老闆，你說的該不會是？」

「是、是，你也知道他？那你們要不要考慮一下？」喬生連忙道。

向寬頓了頓，面露微笑，「不用了老闆，我看我們還是另外物色人選吧。」

「啊……也是。」苦笑了一聲，喬生面露難色，「現在還有誰會要他。我也是一時糊塗了，才會和你們推薦他，抱歉，差點害了你們。」

向寬揮了揮手，沒有多說。雖然他臉上還掛著笑意，卻沒有帶到眼裡。

「等一等，你們究竟是在猜什麼啞謎？」一直被蒙在鼓裡，嚴歡抗議道，「這究竟是在講誰啊？我怎麼都聽不懂。」

「你還是別知道吧，嚴歡。」向寬笑著，揉了揉嚴歡的腦袋。不肯再多說什麼，只是起身硬拉著他離開。

「回去吧，回去吧！時間不早了，你爸媽要打你屁股了吧！」

「他們才不會管我，而且我也已經不是被打屁股的年紀了……」

兩人你一句我一句，一起走出了酒吧。而喬生站在原地，卻是滿臉的懷念與遺憾。

「可惜啊，可惜……」

他在說誰，他惋惜的又是什麼？

酒吧昏暗的燈光下，只有音樂聲緩緩傳來，若隱，若現。

一回到家，嚴歡做的第一件事不是脫褲子上床睡覺，而是打開電腦上網。

「你要查他們剛才說的那個貝斯手？」

老鬼像他肚子裡的蛔蟲一樣，竄出來冒了一句。

「當然要查。」嚴歡點頭，「講得那麼神祕兮兮，又不跟我說，這不是逼我自己去查嘛！」

年輕人的好奇心總是無比旺盛。而且聽向寬和喬老闆的語氣，他們口中的那個貝斯手似乎還曾經是什麼大人物。只是後來不知因為什麼原因，在地下表演世界銷聲匿跡。

這更加勾起了嚴歡的好奇心，他一定要查到這個神祕人物。

敲入幾個關鍵字，嚴歡試著估狗了一下，但是沒有結果。果然是線索太少，就像大海撈針一樣啊。

「你換個方法。」John在一旁指點道，「多加一個關鍵字。」

「什麼？」

「Death。」老鬼淡淡道。

嚴歡的手指頓了一下，沉默地將John說的這個關鍵字用中文輸入了進去。再次按了一下Enter，這一次，結果出來了。

首先映入他眼簾的，是一張黑白照片。

那是五個人在臺上痛快演奏的場面。甩起的長髮，揮舞的手臂，快樂的表情，即使只是一張照片，嚴歡也能鮮明地感受到這支樂團的活力與精彩。

下方是為這張照片所配的一行字。

——悼念飛樣樂團離開我們的這兩年。

下面的一段悼詞，簡摘如下：

飛樣，還記得你們飛上天空的模樣。

帶給我們信仰的樂團，帶給我們快樂的樂團。

而現在，你們將歌聲帶去了天堂。

再見飛樣，一路走好。

永遠記得！你們的歌聲！

短短的幾行字，似乎將一個鮮活的故事活靈活現地展現在眼前。嚴歡控制不住，又去搜索了有關這支樂團的更多資訊。

這是兩年前本市最出色的獨立樂團之一，幾乎與夜鷹齊名。

這是一群玩龐克的壞小子，他們大笑，他們嘻哈，他們帶著樂迷在每一次演出時搞盡破壞、享盡瘋狂。這是一支充滿著龐克式張揚的樂團，似乎就像是他們的團名，他們要在這地下表演世界飛出自己的模樣。

然而，一切截止在兩年前的某一夜。

飛樣樂團與人鬥毆，四死一傷。

這只是網路新聞的簡短標題，沒有人知道那一晚究竟發生了什麼。搖滾樂團，尤其是地下樂團，周遭總是充斥著許多暴力事件。沒有人知道對錯，沒有人知道緣由，就這樣在某一次的聚眾鬥毆中，飛樣樂團死了四個人，主唱、吉他手、鍵盤手、鼓手。唯一活下來的貝斯手，也從此銷聲匿跡。

對於那一晚，有人去探究，也有人指責飛樣不應該和那些黑暗勢力勾結上。然而無論人們再議論什麼，飛樣僅存的那個貝斯手都沒有再出面。在這次事件後，也有很多不瞭解搖滾的人大肆指責，說搖滾樂是敗壞青年道德的負面產物。

而飛樣樂團，也就此消亡。

看完後，嚴歡心底是說不出的感受。他想起了不久前，自己因為毒品事件和老鬼的那番談話。

搖滾樂不是暴力的濫觴，也不是怒吼的餘燼。但是它總是不可避免地與這些負面事件牽連在一起。搖滾確實有暗的一面，但不僅僅是暗。

它只是一種歌聲，卻因為各種原因被不瞭解的人披上了扭曲的外衣。

搖滾樂是黑色的，但是它從來不骯髒。

「John，你認為那晚是發生了什麼，才讓飛樣一下子死了四個人？」

「不知道，這種事只有他們自己才清楚。」老鬼道，「我也勸你最好不要探究，歡。」

無論是什麼事，是一時的衝動也好，還是背後有淵源也好，對於僅存的當事人來說，都是一道無法揭開的傷疤。而且在John心底，他認為那一晚造成死亡的鬥毆事件，一定不是那麼簡單。

因為圖片上飛樣的五人笑得是那麼開心，能這樣快樂唱著搖滾的人絕對不是壞人。John一直認為，認真唱搖滾的人，沒有壞的。

但是也正因如此，飛樣的悲劇不可能是簡單的鬥毆事件，所以John更加不允許嚴歡牽扯進去。

「無論飛樣是惹到了什麼人，我勸你不要去好奇他們的過去，歡。」John道，「我希望你走的，是乾乾淨淨的搖滾路。」

聽著John的勸告，嚴歡只能默默嘆了一聲。他不是不明白John和向寬的擔心，只是看著飛樣樂團的這張黑白照片，以及最後一張照片上，躺在擔架上唯一活下來的貝斯手那絕望又憤怒的眼神。

他心底，就像沉著一塊石頭。

飛樣樂團不存在了，讓他想到了同樣被逼遠走的于成功。為什麼玩搖滾樂的人背後總是有這樣的無奈，逼迫著他們放棄搖滾。

「要是他還在玩搖滾就好了。」嚴歡默默感嘆一句，關上了網頁。

他心底想著，無論如何，要是有機會，還是希望能夠見那個貝斯手一面。希望能夠看到他，像兩年前一樣在舞臺上縱情地笑。

在那之後，嚴歡和向寬又四處找了幾個貝斯手，都沒有獲得付聲的認可。這位大神的錄入標準，未免也太高了些。

一直忙碌了兩個禮拜，將全部心神放在搖滾樂上的嚴歡，完全沒有意識到自己還是學生的這個事實。

後果就是，寒假的期末考他全部掛紅。

拿到成績單的時候，嚴歡基本上都麻木了，倒是李波一副世界末日的表情。

「全掛！全掛！天啊，嚴歡，回去你要怎麼跟爸媽交待？他們會把你打死吧。」

揉著成績單，看著自己列在最後一名的名字，嚴歡此時沒有聽見李波的話，倒是想起了剛才發成績單的時候班導的表情。

沒有任何情緒，看著他就好像在看路邊的垃圾。

而班上的其他人，看著嚴歡的眼神也有些怪異，似乎聽到了什麼奇怪的流言。例如，嚴歡現在跟在黑道後面進出酒吧之類的。

進出酒吧是事實，不過向寬可不是什麼黑道。

想到這裡，嚴歡本來抑鬱的心情一掃而光，笑出聲來。

「你還笑得出來?!」李波瞪大眼看他，「你不想想回去後怎麼辦？」

「怎麼辦？」把手插進褲袋，嚴歡突然道，「我真的很不喜歡這種生活。」

「什麼？」

「每天被關在一個籠子裡，做著那些大人命令我們去做的事情。呼吸著別人吐出來的廢氣，寫著源源不絕的考卷，只為了一個看不到出路的明天。」嚴歡道，「或許別人能夠習慣這樣的生活、也做得很好，但那不是我，李波，不是我。我已經快要喘不過氣了。」

「那……你準備怎麼辦？」李波似懂非懂道，「好歹要把高中讀完，以後再去找份工作啊。」

「高中讀完，讀完以後這個世界就會認可我，就不會用異樣的眼光看我了？還是說找到工作以後，我就能夠獲得自由，不用再忙忙碌碌地過著這種生活？」

嚴歡一笑，「我不樂意這麼幹。」

飛樣的事情，還像一堵牆般橫在嚴歡心裡。突然的死亡，突然的分離，誰都不知道會在什麼時候來臨。而人這輩子，只是為了混一口飯吃，就這樣過著庸庸碌碌的生活真的好嗎？過著別人安排的日子，真的就好嗎？

就像自己給自己套了一個枷鎖，永遠在原地轉圈一樣。只活一世，為什麼不自由一些，瀟灑一些？

嚴歡大步向前走，像是突然想通了什麼，「算了，就拚一把！」

他一溜煙地衝回家，將目瞪口呆的李波扔在身後。

呼呼的風聲拋在腦後，嚴歡的腦海中一片沸騰。他想起了剛才突然靈光一閃的那個主意，只覺得再也待不下去了，恨不得立即飛回家裡，對家裡的人坦白一切。

「John，你說我能成功嗎，我行嗎？」

「迎接你的將會是暴風驟雨。」老鬼淡淡道，又皺眉，「你太衝動了，歡，再等一陣子再決定也不遲。」

「暴風雨就暴風雨吧！」嚴歡健步如飛，心跳如雷。

「我等不及了，再也等不及了！我明明知道自己想要幹什麼，它就在我面前，為什麼我不能伸手抓住它？John！」嚴歡語氣激動道，「我要走自己的路！」

他奔跑向前，夕陽在身後追趕。

一路氣喘吁吁地跑回家，嚴歡卻被澆了一盆冷水。

家裡空蕩蕩的，沒有一個人。直到這時嚴歡才想起來，今天是星期五，他們去醫院產檢的日子。自從老媽又懷了一胎後，家裡對他的關注就少了，對那個還未出生的寶寶，卻小心翼翼地照顧著，幾乎是每週都要去醫院檢查。

這種差別待遇嚴歡也無所謂了。反正自從知道自己沒有心讀書後，父母就一直是這種態度。嚴歡的反抗成為一條分界線，將好兒子和不上進的兒子劃分開來。不喜歡學校那種生活的嚴歡，自此被打上了「不聽話」的標籤。

他的父母嘗試多次，就在失望地發現沒辦法把他拉回「正途」時，嚴歡的母親又懷孕了。從那一天開始，嚴歡活得就像個隱形人。

他被父母放棄了。

而在今天，嚴歡要畫一條新的分界。

——為別人活著，和為自己活著的分界。

「喀噠」。

身後傳來開門的聲音，嚴歡的父母一邊談著什麼一邊走了進來，兩人臉上都流露歡喜。然而看見嚴歡後，他的父親卻愣了愣。

「回來了啊。」

看見他們臉上突然淡下去的笑容，嚴歡的心抽了一下。他抿了抿唇，將手裡的成績單遞過去。

嚴父狐疑地接了過來，等看清了嚴歡的名次後，臉上有一瞬間的怒意，只是片刻便淡了下去。

「既然書讀不好，高中畢業後就去找份工作吧。」他淡淡道，似乎對這個兒子連失望都提不起來，「送你去修車廠的李叔叔那邊學幾天，學一門能討生活的技能。」

他母親在一旁點點頭，「總要有個能混飯吃的專長，以後弟弟也靠得上你。」

「弟弟？」嚴歡望向母親的肚子，原來是個男孩。

父母臉上都露出了笑容，對於這個即將到來的新生命萬分期待。而嚴歡心裡說不出是什麼感受，對於這個搶走了父母全部關注的弟弟，他沒有什麼特殊的感情。

「爸。」他道，「不用等到畢業，我現在就不想讀書了。」

嚴父皺了皺眉，「高中沒畢業怎麼行？」

「高中畢業也沒什麼區別。我也不想去修車廠工作，我有自己想去的地方。」

「去哪？」嚴父皺緊了眉頭。

然而嚴歡卻突然不知道該怎麼回答了。說自己想玩搖滾，父母未必會知道搖滾是個什麼東西。就算瞭解了，肯定也不會同意。他直到這個時候才發覺，原來他與父母之間早就有了彌補不了的溝壑。

他們認為好的、正確的，嚴歡不贊同。

嚴歡的夢想與信念，他們也絕對不會懂。

這不是溝通的問題，而是雙方的觀念完全不一樣。作為普普通通的小市民，嚴歡的父母只想安安穩穩地過日子。而嚴歡就像天生長了雙叛逆的翅膀，怎樣都無法安於這種循規蹈矩的生活。

更何況現在，他有了一個更大的夢想——搖滾樂。

不過他的夢想在很多人看來，卻只是一個笑話。

於是，嚴歡只能這麼回答。

「我想自己出去闖一闖。」

「你？」他父親像是聽到了什麼笑話，「都還沒成年，一個小孩在外面是能闖出個什麼名堂？」

「我能在酒吧找到工作……」

話還沒說完，嚴父一個巴掌就扇了過來，看著兒子的眼神就像在看一個忤逆種。

「那種地方是你能去的嗎！不三不四，什麼人都有，你要是去了，就別說你是我兒子！」他臉上的青筋漲得粗大，彷彿嚴歡說了什麼混帳話。

嚴父瞪著自己的兒子，怒道：「好的不學壞的學，你說說你最近都和什麼人混在一起！都是些沒出息的傢伙，社會上的渣滓！」

「他們不是渣滓！」嚴歡回嘴，不能忍受自己的朋友被這麼說，「而且你懂什麼？酒吧也不都是那種地方。」

「我懂什麼！」被兒子回嘴，嚴父怒急，一腳踹上去，「你才懂個屁！那些混黑的是你能接觸的？你想玩命別扯上我們。」

「我不是想玩命，我只是想……」玩搖滾？嚴歡發現自己說不出來。

恐怕話一出口，父親就會將這個迷惑兒子心神的東西貶得一無是處。他們無法瞭解，他們也不想去瞭解搖滾的魅力。

溝壑已經越裂越深。

嚴父打了一拳兒子，又踢了一腳還是不解氣。關鍵是嚴歡一直沒有求饒，用那種倔強不服輸的眼神看著他，這更加惹火了他。

「好啊，好啊，你要去混，你要去當那種人！你就去啊。」他指著家門，對嚴歡道，「有本事現在就滾，別給我回來！我哪怕不認你這個兒子，也不會讓你這個混蛋拖累我們全家！」

嚴歡低著頭，聽著父親的咒罵。

混蛋，拖累。

他為什麼要面對這種侮辱，僅僅是因為他想要反抗這個社會默認的正確方向，僅僅是因為他想要追求自己想要的東西？他就活該被這樣對待嗎！

緊緊握拳，嚴歡也紅了眼。

他恨。

不是恨自己的父母，而是恨這他媽的歧視人束縛人的社會。不按照它的規則走，就是這種下場？如果是這樣……嚴歡心裡狠狠一笑。

他那就偏偏要扯破這些條條框框，闖出自己的路！

看著那洞開的大門，外面又冷又暗，沒有家的庇護，也沒有依靠。但是它卻敞開了懷抱，等待著嚴歡。那裡是自由的，自由的！

嚴父怒喘了幾口氣，見嚴歡沒有反應，以為他是害怕了。

而正在此時，嚴歡卻猛地抬頭望了他一眼。那一眼讓他心驚，讓他錯愕。他一直以為沒用的兒子，竟然還有這樣的眼神？

憤怒，不甘，想要拚搏些什麼的眼神！

還沒等他回過神來，嚴歡已經飛一樣地從他面前竄過——闖了出去。

嚴父愣住，好久才回過神來。他大怒，朝正在下樓的嚴歡喊：「有種別回來！出了這門，你就不是我兒子！」

嚴歡沒有回答，那個細瘦的背影義無反顧地遠去，消失在黑暗中。

就像逃離了快讓他窒息的束縛，再也沒有回頭。

外面是呼嘯的冷風，吹得人渾身發冷，嚴歡心裡卻燃著一團火。

火熱，熾烈，不甘心熄滅的火焰！

他一定要走出自己的路，不惜一切。

07

#Pray it out

夜空中最亮的星

外頭的風很冷，吹得人四肢冰涼，也把嚴歡一時焦躁的心吹得冷靜下來了。

他放慢了步伐，慢慢地走在街道上。

路邊，家家燈火明亮，那明媚的燈光透著溫馨和暖意。一個人走在街頭的嚴歡打了個寒顫，不禁拉了拉衣服。

「你太衝動了。」

John在他腦內道。

「衝動？」

嚴歡捫心自問，覺得剛才那樣想都不想就從家裡衝出來，似乎真的是有點衝動。

本來他是想和父母好好談一談，說說看他不想繼續待在學校裡，而是想出外闖一闖的想法。然而看著歡笑著回家的父母一見到自己就冷淡下來，嚴歡心裡就好像被潑了一盆冷水。

是的，從一般意義上來講，他的確算是一個壞小孩。不愛讀書、叛逆，又不服從管教。而他的父母除了對他冷淡一些，也盡了養育的職責，甚至在嚴歡的學業之路徹底沒有希望之前，他們對他還是如同一般父母那樣充滿希冀與期望。

然而，轉瞬間一切都變了。

嚴歡被父母視為不上進的小孩，注意力轉向腹中的新生命。對於嚴歡，雙親只希望他老老實實地照著他們的想法走下去，混個能吃飯的工作就可以。

所有人都認為這樣是最好的出路，但是有誰在意過嚴歡的想法？

壞小孩也是人，壞小孩也有自己敏感的心。

讀書是唯一的出路，這是自古以來頑固不化的想法。萬般皆下品，唯有讀書高。似乎一個不愛讀書、不會讀書的孩子，就是一個失敗品。

可有誰想過，這些孩子心裡真正想要的是什麼？

花朵大多綻放在春夏，但偏偏有些花只開在寒冷的冬天。就像生長在海水裡的魚，和生長在淡水裡的魚，牠們都有各自適合的環境，硬是要交換，只會帶來死亡。

人，也是一樣的。

不是所有的孩子，都只有通過讀書才能有出路。有很多人的才華是在其他方面，如果為之努力，他們能夠做得更好。

然而如今這個社會卻很苛刻，在絕大多數時候只以一種標準去評價你——學歷。

多愚蠢，多不公平，多麼糟蹋人的標準。

「John，」嚴歡冷靜下來道，「我是衝動了，但是我不後悔。」

他說：「我知道我不適合那條路，所以不會繼續把時間浪費在那裡，我要走自己的路。」

「你確定？」老鬼的聲音從嚴歡的腦海裡傳來，「你沒有生活能力，你尚不能自保，你就要走這一條坎坷的路了嗎？如果現在放棄還來得及，歡。」

「放棄？」嚴歡笑了一聲，抬頭去看夜空。

冬天的夜空很高，很黑，但是星星很少，只有少數幾顆亮著微弱的光。

「放棄了，去修車廠做個小工人，過完我這一輩子嗎？」嚴歡的眼中映著那些星辰，「John，人的一生過得可是很快的，一眨眼間就化作枯骨了。我可不想等我死了之後，什麼都沒有留下。」

「那你想要留下什麼？」

眼中倒映著一顆一閃而逝的流星，只有瞬間的璀璨，卻燃燒得奪目。

嚴歡輕輕道：「我想要留下我的聲音，我的……音樂。」

John靜靜地沒有再出聲，他此時也正抬著頭，通過嚴歡的眼角看著天上的星空。

黑夜無邊無際，星星卻那麼渺小微弱。

但是，即使只有一瞬的燃燒，也是明亮耀眼的。

老鬼心裡笑了，他突然覺得此刻的嚴歡，就像很久以前的自己一樣。拚盡一切，只想在這世界留下自己的刻痕。

他已經成功了，那麼嚴歡呢？

嚴歡，會成為一顆流星，還是變成恆星？

「呲，呲……」猛吸了兩下鼻涕，被老鬼展望著未來的嚴歡在街上跺著腳取暖。「哎呀，冷死了！哪裡可以躲一躲啊？早知道外面這麼冷，我就明天再出來好了。」

嚴歡揉著自己通紅的鼻子，低聲抱怨著。

John決定收回剛才那句話，這個毛還沒長齊的小鬼，別說是恆星了，現在連顆掃把星都不是！

「冷？那就回家啊。」老鬼涼涼道。

「那怎麼行，現在回去肯定被揍死。」嚴歡帶著少年人的賭氣和執拗，「哪怕在街頭過一夜，我也不回去。」

「那你就等著被凍死吧。」老鬼嘲諷道，「說不定到時候我還能多一個同伴。」

「……」

時間已經是晚上七八點，這也是客人比較多的時候。

向寬在店裡忙碌著，一個熟識的吉他手過來試樂器，他在一旁看著。這時候，突然覺得背後涼涼的，似乎有一股寒意。向寬回頭望去，一眼便看到窗外一雙幽怨的眼睛。

嚴歡正凍得小臉通紅，站在玻璃窗外可憐巴巴地看著他，那眼神，別提有多哀怨了。

「噗……」向寬忍不住笑出聲來，對試樂器的熟人說了一聲，便走向門口，推門而出。

「怎麼，不進來站在外面喝西北風幹嘛？」他對著店門口的小鬼道。

「我這不是怕打擾你工作嗎？」嚴歡看見他出來，扭捏道。

「你站在門口跟冤魂索命一樣地看著我們才是打擾呢！」向寬上前一步，一把將他提了進門，「進來吧，小子。」

「呦，小向。」店裡的熟人對他們笑道，「這是你兒子？」

「什麼兒子，這是我們主唱！」向寬對嚴歡介紹道，「這個傢伙是我之前樂團的吉他手，劉博。」

「什麼叫之前的樂團，向寬，有了新歡就忘了舊愛。」那吉他手瞪著向寬，

「你的退團申請我還沒通過呢，這麼快心就野了？」嚴歡有點被嚇住了，還真的以為這一位不願意放人。他從別人那裡把向寬挖走了，怎麼想都有點心虛。

「呵呵，這還不是遲早的事？」向寬一點都沒被唬到，反而笑嘻嘻地勾上去。

「我知道我們小廟容不下你這座大佛。」向寬的前團員劉博陰陽怪氣道，「人往高處走嘛，我也不是不能理解。」

「行了，老劉，別在這裡機機歪歪的，你想幹嘛直接說吧！」向寬無奈道。

「那我就直說了！」抱著懷裡的吉他，劉博道，「我看中了這把吉他，幫我打個折！」

「九折！」

「看來退隊申請我要再考慮考慮了……」劉博故作為難道。

向寬看他那副賤樣，牙癢癢地再次開口：「八五折！」

「成交！」喜上眉梢，劉博愛不釋手地撫摸著吉他弦，「稍等啊，等我試一試音色再說。」

向寬無力地笑了笑，「這傢伙，嚴歡你別理他，他就是白目。」

嚴歡點點頭，同時也好奇地看著劉博。這位已經擺好了姿勢，準備開始試音了。

此時，店內只有他們三人，一時安靜下來。靜謐的氣息悄悄流轉，劉博的手放在吉他弦上，輕輕地撥弄著。

一陣流水般輕快的吉他聲從指尖飛躍而出，竄進嚴歡耳中。歡快、清澈、悅耳，卻令人耳目一新。嚴歡一瞬間睜大眼，仔細看去。

而這時，劉博也已經輕輕哼唱起來。

「**夜空中最亮的星，**

能否聽清，

那仰望的人

心底的孤獨和嘆息……」

只是聽了最初的旋律和歌詞，便徹底抓住了嚴歡的心，他不由得沉陷下去，無法自拔。

「**每當我找不到存在的意義，**

每當我迷失在黑夜裡，

哦哦哦——

夜空中最亮的星，

請指引我靠近你。」

這首輕柔的歌，多麼貼近嚴歡此時的心境，只是短短幾句歌詞便將他俘獲。

「**我寧願所有痛苦都留在心裡，**

也不願忘記你的眼睛，

給我再去相信那勇氣，

越過謊言去擁抱你。」

冬天的夜空，星星很少，不那麼明亮。

然而總有最亮的那一顆，一直在黑夜中閃爍，照亮前行的路，為迷惘之人指引方向。

輕緩的曲風，將嚴歡一顆在夜晚被冰冷的心漸漸溫暖起來。他聽著劉博的輕聲低唱，也不自主地隨之低和。優美輕盈的旋律，不那麼沉重，不那麼振奮，卻是溫柔的低喚。

最後一句歌詞吐出，劉博結束了試音，覺得很滿意，正想和向寬談價錢，卻猛地被嚴歡拉住。

「劉博大哥！剛才那首歌是你們樂團的嗎？」

劉博一愣，看著小鬼眼中閃閃發光的神采，就像行星一樣閃爍。他緩緩笑了。

「傻小子，這要是我們的歌，向寬還會退隊嗎？」

向寬在一旁有些不好意思地輕咳一聲。

「你很喜歡這首歌？」劉博又問。

嚴歡連連點頭，「喜歡。」

在今夜這個寒冷的晚上，劉博無意間彈起的這首歌，就像一道星光落入他的心底。

負氣離家的衝動，沒有頭緒的迷惘，對未來的憧憬和恐懼。全部在這一首歌中被點亮，正如歌詞中所言。

——夜空中最亮的星，請照亮我前行。

恰恰好在這個時刻，這首歌傳進了嚴歡的耳中。將少年心中的迷惘和無助一把撥開，讓他看見自己的心。每當迷失，每當找不到存在的意義，總有那麼一首歌會喚醒你，提醒你最初走進這個世界時的心情。

喜歡，熱愛，執著。

將所有的爭執和煩惱先拋諸腦後，對著今夜明亮的夜空，請聽聽來自你心底的願望。

一首歌的心聲。

「《夜空中最亮的星》，這首歌的名字。」劉博對嚴歡道。

這之後的時間，嚴歡一直有點迷迷糊糊的，那歌詞和旋律在他心中一遍遍地迴響。在這個晚上，他再次明白自己對搖滾的熱愛，這是絕對不可以輕易放棄的。

為此，哪怕做了些衝動愚蠢的事情，也值得！

「好了，現在總該告訴我，你跑到這裡來是為了什麼？」向寬終於想起正事，「這麼晚了，又不是要去酒吧駐唱，你沒事跑到外面來幹嘛？」

一旁的劉博也一副好奇的模樣，當著這兩個人的面，嚴歡當然不好意思直接說出真相。只是咳嗽了一聲，道：「出來兜兜風啊，順便過來看看你。」

「看我？」向寬明顯不信，手放到嚴歡額頭上探了探，「沒發燒啊。」

「幹嘛！」嚴歡不滿地把他的手抓了下來。

「看看你有沒有發燒啊，不然怎麼會說出這麼低級的謊話。」向寬擺正臉色，「好了，究竟是什麼事，難道你不願意對我說嗎？嗯，如果是有這個傢伙在不方便的話，你不用管他，我馬上就趕他出去。」

「喂喂，你什麼意思啊？」劉博在一旁抗議，「算了，我識相，你們慢慢談，我先閃啦。」說完，他還真的走到樂器行裡面的那間隔音室去。

「好了，現在沒人了。」向寬對嚴歡道，「有什麼事趕快坦白。」

「其實……其實也沒什麼。」

「哦，你是不把我當自己人看？唉，虧我還對你這個小子掏心掏肺的，沒想到連當個垃圾桶的資格都沒有。都是我自作多情啊……」向寬在一旁哀聲嘆氣，那哀怨做作的語調實在是讓嚴歡受不了。

他連連擺手，投降道：「我說，我說，其實……我是跑出來的。」

「跑出來？」向寬第一時間沒有聽懂，「長跑？短跑？慢跑？」

「是離家出走。」嚴歡豁出去了，直白道，「就是我從家裡跑出來了，當著我爸媽的面。」

說完，他安靜下來，等著向寬會怎麼數落自己。

沒想到向寬卻很鎮定，只是驚訝了片刻，便寬慰地拍了拍嚴歡的肩膀：「終於，你也到了這個年齡啊。」

「這個年齡？」嚴歡狐疑。

「其實我當年和你差不多大的時候，也和家人鬧過，也有那麼一兩次跑出門閒逛了幾天。」向寬不甚在意道，「這很正常，國內不比國外，一般人不太懂搖滾，甚至有偏見。要走搖滾路的傢伙，基本上都和家裡抗爭過。不過有的是短期勝利，有的是長年抗戰。」

嚴歡打斷了他，「那你是短期勝利了，還是長年抗戰中？」

向寬故作高深道：「其實我剛才第一句話還沒說完。我年輕的時候離家出走過幾次，前幾次都被抓回去或者是自己熬不住回去了。但是最後一次，我成功熬到成年，然後拿著自己的身分證走了。他們誰都拿我沒辦法，之後就如你所看到的，我現在還在玩搖滾。」

嚴歡覺得自己彷彿看到了希望，眼睛閃閃發亮。「最後一次離家出走，你說服了家人，他們同意你玩搖滾了！」

「哈……哈。」向寬有些尷尬地笑了幾聲，「其實吧……最後一次離家出走，到現在還沒有結束。」

「……」

嚴歡瞪大眼睛，不敢置信，手指著向寬都有些發抖。

「你你你你、你是說，你到現在都還在離家出走?!」

向寬點了點頭，眼裡閃過一絲苦澀，「雖然沒有回家，不過我每個月都有打電話和匯錢回去，但是……到現在他們還是不認同我的選擇。」

嚴歡卻興奮道：「但你成功了，你能做你自己想做的事情，還成為了一個十分優秀的鼓手！如果我……」

向寬伸出食指堵住他的嘴，搖頭道：「我是獲得了自己想要的，但是我並不是贏了，也遠遠還不到成功。為了這個選擇，我失去了很多，連過年過節都不敢回家。嚴歡，直到走到了外面你才會知道，有一個能讓你休息的家是多麼幸福的一件事。所以，不要輕易學我。」

嚴歡還不是很理解向寬的話，但是看著他嚴肅的表情，又好像隱隱約約懂了什麼。

「但……我已經跑出來了，總不能現在就回去吧？」

沒面子事小，回去被打個鼻青臉腫事大。嚴歡心裡的一股氣，也不會讓他這麼灰溜溜地就低頭回去。

看著他倔強的眼神，向寬嘆了口氣，無奈道：「把你爸媽的聯絡方式給我。」

「你要幹什麼？」嚴歡警惕地看著他，十分懷疑向寬會把自己遣送回去。

「你一夜不回家，總要跟他們解釋一下的吧。」

「不只這一夜，我這陣子都不打算再回去了！」嚴歡撇嘴。

向寬看著這個樣子的他，突然有一種嚴歡真的還是一個孩子的感覺。一直以來，嚴歡在搖滾上的表現和執著，讓他不知不覺把這個小子當成同輩。直到這一刻向寬才明白，無論表面上有多堅強、看起來有多成熟，嚴歡都還只是一個小孩。

一個會賭氣、會傷心、會發脾氣的孩子。

想到這裡，他又長長地嘆了口氣，安慰道：「好了好了，無論你想在外面晃幾天，總得先讓你爸媽知道你大概是安全的吧。要不他們一緊張去報警怎麼辦？」

「他們才不會管我……」嚴歡低著聲音呢喃道。

「電話號碼！」不打算再理會這小鬼的臭脾氣，向寬故意擺臉色，「不交出來，現在就把你趕出去。」

最後在向寬的淫威下，嚴歡還是妥協了。看著向寬拿著號碼出去打電話，嚴歡心裡忐忑著。

向寬會和他爸媽說什麼呢？

他爸媽又會怎麼回應向寬，會不會語氣很差？

他心裡亂七八糟地想了一大堆，向寬只是在外面簡短地說了幾句就回來了。

一進屋，看見嚴歡眼巴巴卻又強自隱忍的表情，向寬忍不住笑了。

「我跟你爸媽說這幾天你就先待在我這，他們沒什麼意見。」

嚴歡有些失落，但是心底又不知道自己失落的是什麼，只是不樂意地撇了撇嘴。

「我就說打電話沒意義。」

「你這臭小子。」向寬使勁地揉著他的腦袋。

等到晚上十點，送走喜滋滋地抱著吉他離開的劉博，兩人一起關上樂器行的大門。

向寬拋了拋鑰匙，把它塞回口袋，站在樂器行門口沒有動。

「怎麼了，不回去嗎？」嚴歡疑惑。

「回哪去？」

「去你家啊。」嚴歡理所當然道。

向寬大笑兩聲，「我什麼時候說要讓你去我家了？我家裡還有我女友，哪能讓你去當電燈泡？」

「那那那你剛才說……」

「我說要讓你待著，又沒說要讓你待在我家。」向寬看著路邊，眼前一亮，「看，來接你的白馬王子總算到了！」

嚴歡側頭看去，看見向寬說的白馬王子後，身子一僵。

那個穿著風衣、從黑夜裡慢慢走來，臉上帶著明顯不耐煩神色的人！他為什麼會到這裡來，不會是……

「我家裡不方便，但是付聲那裡很空的，正好他也缺個人幫忙打掃，你去了真是兩全其美。」向寬笑呵呵，對著已經走近的付聲招了招手。

「這小子在你家借住幾天，順便幫你做家務，沒問題吧？」

付聲瞥了嚴歡一眼，不置可否地點一點頭。

「好，那就交給你了，我先回去了！」向寬像背後有鬼在追一樣，一瞬間就溜得不見人影。

整個過程中，嚴歡半張著嘴，一句話都沒能說出來。

付聲看著他這副有些呆愣的模樣，瞇了瞇眼。

「幾天？」

啊？嚴歡這才反應過來，付聲是問他借住幾天。

「三、三天吧。」

付聲皺著眉點了點頭，「跟我走。」說著便已經在前頭帶路了。

嚴歡心裡其實有些抗拒，不想跟著這位冷面大神離開。正在這時，一道寒風從街頭呼嘯著吹了過來，透心涼，嚴歡全身上下狠狠抖了抖。

在凍死和去付聲家之中，他做出了一個明確的選擇。

五分鐘後，嚴歡終於知道為什麼向寬會把付聲喊來，不僅是因為付聲那裡方便，更是因為他的住處實在是離那家樂器行很近。怪不得之前可以天天在樂器行裡蹲點呢，原來就住在隔壁。心裡小聲腹誹著，嚴歡跟著付聲進了他家。

一進門，他就愣住了。

這裡實在是太亂了，滿地的雜物——紙屑、易開罐、便當盒，隨地亂扔的衣服……屋內唯一乾淨的地方，就是沙發，上面還擺著一把吉他。

這就是付聲的生活環境？

而他嚴歡，要負責這裡的打掃工作?!

看著這一屋子的髒亂，他實在是有點受不了。

這裡的情況超出了他的想像，而付聲竟然可以在這種環境下生活，他的忍耐力和適應力簡直可以媲美山頂洞人了！

嚴歡在背後用一種詭異的目光打量著付聲，當事人卻一點也沒有注意到。他只是用腳踢開了幾個擋住去路的巨型垃圾，走到沙發邊，一屁股坐下來。

「你只在這裡住三天。」付聲道，「我可以勉為其難，讓你在這三天內打擾我的平靜生活。」

聽著他這施捨的語氣，嚴歡忍了忍，道：「我不會白住你的，最起碼三天內我會把你這房間打掃得能住人。」

「嗯。」付聲漫不經心地應了一聲，似乎很無所謂。

嚴歡咬牙忍耐，問：「那我能睡哪裡？」

「睡哪？」付聲這才抬頭看他，「這裡只有一間臥室，我睡，不過我不會和男人同睡一張床。」

「我也沒想要和你睡同張床！」最後幾個字嚴歡幾乎是一個一個地咬牙吐了出來，「只要給我一個平坦的地方就夠了！」

「那你睡沙發。」

付聲站起身，拍了拍沙發，把上面的吉他拿走。

「三天內，這裡就是你的地盤。我不會來打擾你，同樣，臥室是我的領地，沒有許可你不能踏進半步。」

「知道了，我不會進去的。」

付聲看了看似乎有些氣惱的嚴歡，「那好，我去睡了。記住，不准打擾我。」

說完，他已經走進臥室，還帶著他的吉他。

啊，說起吉他，嚴歡這次跑出來得太匆忙，連吉他都沒帶！不過還好，于成功留給他的那把電吉他，他是放在向寬那裡的，不至於連一把練習的吉他都沒有。

付聲的身影一消失，嚴歡整個人就放鬆了下來。

今天晚上實在是發生了太多的事情，先是一氣之下離家出走，然後跑到向寬那，最後竟然借住到付聲家裡了。一樁接著一樁，每件事都壓迫著嚴歡的神經，此時此刻他實在是累慘了。

「這是個好機會。」

一直沒出聲的老鬼突然開口道。

「住在這裡的這段時間，你可以更加瞭解你的這位吉他手。」

「我去瞭解他做什麼?」嚴歡沒好氣道。

「做什麼?」John的口氣帶著幾分嚴厲，「作為同樂團的伙伴，你不能對你的同伴一無所知。他的習慣和愛好、你們之間的磨合與衝突，都影響著樂團的發展。

瞭解樂團成員，是作為樂團核心必須要做的一件事。」

「樂團核心？我?!」嚴歡驚訝。「我還以為會是付聲或者是向寬！」

畢竟他資歷還很淺，年紀又小，想也沒想過自己會擔當這種位置。

「你將他們融合在一起，不是你是誰？這支樂團會是你一手建立的，歡，這不是一個玩票性質的樂團。你要學會對它和對你的團員們負責。」

「我……我不知道能不能做好。」嚴歡突然感覺很有壓力，「要是失敗了……」

「還沒成功就開始想失敗，這是膽小者的作風。」John不屑道，「況且有我在，你想要失敗也很有難度。」

老鬼一向有些自傲，然而此時此刻他的自傲卻讓嚴歡很有安全感。身邊有這麼一位經驗豐富的前輩在，他覺得心裡踏實了很多。

「我會努力做好的，John，不過在我做錯的時候，你一定要提醒我。」

「嗯。」老鬼輕輕應了一聲。

兩人沒有再交流，嚴歡和衣，躺在沙發上睡了一夜。

第二天，他是被人吵醒的。

有人推了他幾下，睜開眼，便看見付聲那張面無表情的臉。

「早上了。」

剛睡醒的嚴歡腦袋還有點懵，「是啊，早上了，啊，那個，早安。」

「我不是要和你打招呼。」付聲說，「上回交給你的事情，你找到人選了沒有？」

「上回？什麼事？」嚴歡說了一半，瞧見付聲變黑的臉色，馬上渾身一抖想起來了。

「啊，找我們的貝斯手！我、我正在努力，一定很快會帶人過來！」

「我不要聽這種敷衍的話，而是要看到實際行動。」付聲哼了一聲，走向門口。

「鑰匙放在桌上，出去的時候記得鎖門。」

「砰」的一聲，大門在他身後關上，一時間整間屋子裡只剩下嚴歡一個人。

「簡直是個暴君。」嚴歡忍不住抱怨道，「一大早竟然對一個無家可歸的未成年人用這種冷冰冰的口氣說話，他簡直是沒有一點同情心。」

John道：「無家可歸可是你自找的。」

「好吧，就算是這樣……」嚴歡想從沙發上起身，突然覺得有什麼東西從自己身上滑落下去。

他低頭一看，竟然是一條厚厚的毯子。這毯子是什麼時候蓋在他身上的？他昨晚睡覺的時候明明什麼都沒有啊。

這個屋子裡，一共只有兩個活人，那麼做出這件事的就只有付聲了。

「他還是比你想像中的有那麼一點同情心。」John 評論道。

「哼，頂多就那麼一點點。」嚴歡嘴硬。

而等到他看到桌上，付聲為他準備好的早餐的時候，他頓了一下，支吾道：「好吧，現在只能說他比我想像中多了兩點點同情心。」

老鬼笑而不語。

「你還是想想，怎樣快點找到剩下的貝斯手吧。」

「啊，這倒是一件難事。」嚴歡一邊吃著有些涼的早點，一邊道，「我在這個圈子裡又沒有認識幾個人，去哪找？」

「我有一個人選。」John 道。

嚴歡聽著，放到嘴邊的油條都停在那裡了，「等等，不是我想的那個吧。」

「就是他。」

「可是向寬他一定不會同意的！」

「我對這個貝斯手很感興趣，相信你也是，同不同意，等我們找到人之後再考慮。」John勸道，「難道你不想見一見飛樣的貝斯手嗎？他們曾經是一支非常有魅力的樂團，我相信他們的貝斯手也同樣如此。」

「我的確很想。」嚴歡有點被說服了，「但是我該去哪找？現在一點線索都沒有。」

「網路，在那裡你可以找到所有的蛛絲馬跡。」

嚴歡真是服了老鬼了，這個上世紀的古董，如今竟然如此適應新科技。

聽從John的意見，嚴歡下午就去了網咖。

他身上還有幾百塊，而這種小網咖的老闆對於未成年人顧客，只要不待到超過晚上十點，向來是不管的。嚴歡坐到一臺電腦前，開機後就一直搜索飛樣貝斯手的消息。

可是查了半天，搜到的都是些無關緊要的東西。而這些小道消息中透露出來的資訊，卻讓嚴歡的心一沉。

前飛樣貝斯手醉生夢死，一蹶不振。

陽光退出獨立搖滾，銷聲匿跡。

得到的資訊顯示著，這位名叫陽光的前飛樣貝斯手已經不再接觸搖滾了，甚至變成了一個成日混跡酒吧，今朝有酒今朝醉的爛人。

最後一條關於陽光的新聞，日期是一年前飛樣的忌日。陽光祭完前團員後，從大眾的視野裡消失，再也沒有人知道他去了哪。

「天哪。」嚴歡有些頭痛，「這要怎麼找？而且就算找到了，也不知道他還有沒有辦法繼續彈貝斯。」

John顯然也很無措，「大海撈針。」

「我知道你成語學得很好，但是成語不能解決問題。」嚴歡無奈道，「有沒有什麼辦法？」

「有，就是等待。」John幽幽道，「如果他和你們有緣的話，遲早都會遇見。」

「緣分那種虛無縹緲的東西，誰信啊？」嚴歡吐槽。

「很多時候，人與人的相遇就是緣分。」John道，「不管你信不信，命運總會指引你前行。」

「想不到你還是個唯心主義者，John。」

「每個搖滾樂手都有信仰，遲早你也會有自己的信仰的，歡。」

「好吧，我期待著。」

嚴歡離開網咖後，大白天的突然不知道該去哪裡了。

他現在有時間，更有自由，而可笑的是擁有了這些後，他卻發現自己不知道該如何支配。

「給個意見吧，現在該去哪？」嚴歡求助老鬼。

「去你最想去的地方，做你最想做的事。」

最想做的事？

嚴歡眼前一亮，興沖沖道：「我知道該去哪了！走，我們先去找向寬拿回我的吉他，然後去練習室！」

「你身上有錢？」老鬼疑惑。

「是沒有錢，不過，我要去的那間練習室可是免費的。」嚴歡得意一笑，「還記得以前的那個賭約嗎，John？」

之前那間練習室的老闆與嚴歡打賭，只要他成功招攬到了付聲，那從此以後他的一切練習開支都是免費。

現在，兌獎的時候到了。

E-Laine練習室，市中心設備最齊全的一家練習室，常來的樂手都親切地稱它為老一。

這個稱呼也還算配得上它的配置和標準，**E-Laine** 的老闆算是欣然接受了。

嚴歡來到這家練習室的時候，正巧是人比較少的時候，練習室的老闆無所事事地坐在收銀臺後方，抽著根菸。

「老闆。」

嚴歡走上前喊了聲。

滑著手機的老闆連頭也不抬，只是揮了揮手說：「一小時四百，小間沒有了。」

「這麼貴？」

老闆不耐煩地說：「一分錢一分貨。」

「那要是我沒錢怎麼辦？」

練習室老闆有些惱怒地抬起頭，想看看是誰一大早這麼無聊來耍自己。看見站在臺前的一個小鬼，他愣住了，隨即哈哈一笑。

「原來是你這個小毛頭啊！哈哈，怎樣，上回有沒有被付聲逮到？」他顯然還記得嚴歡，擠眉弄眼道，「別看付聲平時那模樣，其實他可是很記仇的。沒被整吧？」

「提起這件事，老闆，我可是還沒忘記呢。」嚴歡不理會他的幸災樂禍，開門見山道，「當時說的那個約定，你還記不記得？」

「約定，什麼約定？」

嚴歡聳了聳肩，指著老闆身後的一個角落，正是付聲當日所坐的位置。

「你是不是說過，如果我把他搞進我的樂團，從此以後在你這裡的練習就全部免費，還包飲料？」

老闆恍然大悟，「你說的那個啊？哎，我就是隨便說著玩的，想也知道是不可能的嘛，你別當真……」他連忙揮揮手，「我只是開個玩笑，哪會真讓你去招惹付聲那個魔頭。」

「如果招惹了呢？」

「嗯……嗯？」老闆瞪大眼睛，「你說什麼？」

「我是說如果我已經招惹到付聲，還把他拉進了我的樂團，老闆你的話就不算數了？」嚴歡淡淡道，「雖然你們大人經常出爾反爾，老闆你做生意的人可不能沒有誠信啊。」

老闆失笑，一手摸過自己的大光頭，哈哈大笑。

「小鬼，玩笑不是這麼開的！你要是能把付聲拉進樂團，別說免費，就是倒貼我都認了！」

「說話算話？」

「那當然！」

看著自信滿滿的練習室老闆，嚴歡狡猾地一笑，對著門外道：「寬哥，你剛才有沒有聽到老闆說了什麼？」

「啊啊，聽見了，聽得一清二楚。」向寬不知什麼時候過來了，肩上正背著嚴歡的那把電吉他。他走到收銀臺前，恨鐵不成鋼地一嘆。

「老毛啊老毛，你這是常在河邊站、哪有不溼鞋，今天竟然栽在嚴歡的手裡了！」

「栽？」毛老闆的眼睛瞪成兩個燈泡那麼大，「向寬，你別告訴我，這小鬼還真把付聲招進去了？」

「你不信？」向寬問。

毛老闆的頭搖得跟撥浪鼓似的。

「不信，不信，打死我都不信！」

「真是不見棺材不掉淚。」向寬嘆了口氣，拿出手機撥了一個號碼，「你自己問他吧。」

毛老闆狐疑地接過向寬遞來的手機，看著上面顯示的通話者付聲。

「喂，什麼事？」

一道有些不耐煩的聲音從手機裡傳來。

毛老闆吞了吞口水，「那個，呃，付聲啊，我是毛寧。剛才向寬跟我開玩笑，說你加入了一個小鬼的新樂團，哈哈，唬我的吧？……啥，你說什麼！不可能吧！你怎麼能——！」

話還沒說完，付聲那邊已經掛斷，只留下目瞪口呆的老闆。

向寬笑嘻嘻地接過手機，和一旁的嚴歡互看一眼。

「怎麼，老毛，現在信了吧？」

老毛有些魂不守舍地點了點頭。

嚴歡插嘴道：「免費的練習室再加飲料就可以了，對了，我還未成年，酒就不要了。哪間練習是還是空著的啊，老闆？」

老毛隨手指了一間，直到嚴歡和向寬兩人都進去了，他還沒反應過來。

半晌，收銀臺傳來一聲鬼叫。

「我的老天啊！」

嚴歡和向寬竊笑著關上門，聽著門後毛老闆的哀嚎。

嚴歡的心情不錯，接過吉他坐下來，隨口問道：「你們好像和這家老闆都很熟嘛，上次我來的時候看到付聲就坐在櫃檯。」

「是啊，很熟。」向寬緊靠著坐下來，「七八年前我們兩個剛混進地下圈子的時候，老毛也才開店，我們經常來照顧生意，所以就混熟了。說起來，老毛還是付聲的頭號粉絲，以前付聲他們樂團的表演他都是場場報到的。」

嚴歡有些意外：「場場報到？」

「哪怕是逢年過節，他都會帶著老婆孩子一起去趕場看演出。」向寬笑了，像是在懷念著什麼，「現在想來，是挺瘋狂的。」

「那付聲退出夜鷹，老闆豈不是很難過？」嚴歡有些猶豫道，「他沒有勸過付聲？」

「勸？熟識的朋友哪個沒勸呢？」向寬想到了什麼，搖著頭笑了笑，「不過付聲那個倔脾氣，十頭牛都拉不回來。他做出的決定，沒有人能勸得動他。」

嚴歡心裡好奇起來，「夜鷹發展得正好，他究竟是為什麼要退隊啊？」

向寬扭頭看他，看著這個還年輕稚嫩的少年眼中清澈的光，無奈地笑道：「過幾年你就會明白了，在這個圈子裡我們有很多身不由己。有時候不想改變，有時候又被逼著改變，而付聲就是那個寧願一刀兩斷也不願意改變的人。」

嚴歡若有所悟。

「那我以後和他有什麼爭執，他豈不是一不順心就要退團？」

「哈哈，放心吧，不可能！付聲這小子可看好你了，哪會輕易放手。」

「看好？我看是為難吧。」嚴歡嘟囔著，「就沒看他給過我好臉色。」

「嘿，這是你不明白。付聲這個傢伙，他越是在意一個人，就越是脾氣暴躁。一般人的話，他連看都不願意看一眼，擺個假臉應付應付就結束了。」向寬道，「他對你期望很高，所以給你的壓力也大。」

「壓力過大會提前把我壓爆的，」嚴歡抗議，「就不能剛柔並濟嗎？」

「哦？那你想要怎麼樣的剛柔並濟？」一個聲音突然闖進兩人的對話中，「像對付女人那樣哄你？」

嚴歡向寬齊齊抬頭，只見付聲不知什麼時候進了練習室，正站在門前望著他們。

向寬樂了，「你要是真把嚴歡當女人哄，第一個不樂意的就是他，再說你哄過女人嗎？哈哈。」

「你怎麼在這？」嚴歡看著這位吉他手，「你不是一大早說有事就出去了？」

「事情辦完了，所以來找你們。」付聲打開身後的門。

「什麼事？」嚴歡剛說出口，就覺得自己多嘴了。因為問完這話後，付聲看他的眼神明顯帶著一股凌厲。

「還不是因為某人到現在都沒有找到貝斯手，所以我不得不親自出馬。」

「找到人了？」向寬驚喜地問。

「還不算。」付聲搖搖頭，「我知道人在哪了，現在要你們跟我一起去一趟。」

「你一個人不行？」

「我一個人，恐怕會有生命危險。」

「噗——」

嚴歡笑出聲來，可笑完才發現，付聲的臉色嚴肅，看起來實在不像在開玩笑。

就連一向放鬆的向寬，也被影響得緊張了起來。

「你、你不會是要去什麼危險場所吧？」

付聲瞥了這兩人一眼。

「我一個人去，我怕對方會有生命危險。」

嚴歡和向寬兩兩相望，都在彼此眼中看到了不解與困惑。

「要是我實在忍不住動手的時候，你們兩個人還勉強可以拽住我。」付聲轉身，向外走去，「快點，不然好不容易找到的線索又要白費了。」

嚴歡兩人起身，跟在他身後離開，路過收銀臺時甚至連和老毛打招呼的時間都沒有。

「這是要去哪？」向寬問，「你找到的是哪個傢伙？」

「去了你就知道了。」付聲頭也不回地說。

看著前方那個疾走的背影，嚴歡的心臟逐漸開始加速跳動。

不知為何，他有一個預感。付聲選的，和他心裡的那個貝斯手是同一位。

——陽光。

——《聲囂塵上01》完

高寶書版集團
gobooks.com.tw

BL061

聲囂塵上01

作　　者　YY的劣跡
繪　　者　瑞　讀
編　　輯　林雨欣
校　　對　薛怡冠
美術編輯　彭裕芳
排　　版　彭立瑋

發 行 人　朱凱蕾
出　　版　三日月書版股份有限公司
　　　　　Printed in Taiwan
地　　址　臺北市內湖區洲子街88號3樓
網　　址　www.gobooks.com.tw
電　　話　(02) 27992788
電　　郵　readers@gobooks.com.tw（讀者服務部）
傳　　真　出版部　(02) 27990909　行銷部 (02) 27993088
郵政劃撥　50404557
戶　　名　三日月書版股份有限公司
發　　行　英屬維京群島商高寶國際有限公司台灣分公司
　　　　　Global Group Holdings, Ltd.
初版日期　2021年 11月

本著作物《聲囂塵上（搖滾）》，作者：YY的劣跡，由北京晉江原創網絡科技有限公司授權出版。

國家圖書館出版品預行編目(CIP)資料

聲囂塵上/YY的劣跡著.-- 初版. -- 臺北市：三日月書版股份有限公司出版：英屬維京群島高寶國際有限公司臺灣分公司發行, 2021.11-
面；　公分. --

ISBN 978-986-0774-28-3(第1冊：平裝)

857.7　　110014498

三日月書版

三日月書版

GOBOOKS
& SITAK
GROUP©

GOBOOKS
& SITAK
GROUP©